HUBERT BRENN

VINDOBONA
VERLAG SEIT 1946

Bibliografische Information
der Deutschen Nationalbibliothek:

Die Deutsche Nationalbibliothek
verzeichnet diese Publikation in
der Deutschen Nationalbibliografie.
Detaillierte bibliografische Daten
sind im Internet über
http://www.d-nb.de abrufbar.

Alle Rechte der Verbreitung,
auch durch Film, Funk und Fernsehen,
fotomechanische Wiedergabe,
Tonträger, elektronische Datenträger und
auszugsweisen Nachdruck,
sind vorbehalten.

www.vindobonaverlag.com

© 2021 Vindobona Verlag

ISBN 978-3-949263-00-2
Lektorat: Melanie Schlachter-Peschke
Umschlagfotos: Matyas Rehak,
John Sirlin | Dreamstime.com
Umschlaggestaltung, Layout & Satz:
Vindobona Verlag

Gedruckt in der Europäischen Union
auf umweltfreundlichem, chlor- und
säurefrei gebleichtem Papier.

WIDMUNG

Für Ina und für Sofia

Und der Vater sagte nur lakonisch: „Von einem bestimmten Zeitpunkt an muss jeder und jede selbst wissen, was er oder sie zu tun und zu lassen hat. Ihr beide seid einzig und allein für euch und euer Leben und für das, was ihr daraus macht, verantwortlich!"

Angefangen hatte es – wie die meisten Dinge, die sich im Nachhinein als bedeutsam und sensationell erweisen – völlig normal und alltäglich. Was schon von Beginn an als Ereignis von Rang deklariert wird, entspricht dieser Ankündigung meistens nicht. Noch dazu nahm es seinen Anfang, man höre und staune, in einer Institution, der heutzutage nicht mehr allzu viel zugetraut wird, vielmehr steht sie dauernd im Kreuzfeuer der Kritik und sitzt ziemlich oft auf der Anklagebank, weil sie weltfremd, uninteressant, beziehungslos und irrelevant, ja sogar überflüssig geworden sei.

Es begann, so verwunderlich es auch klingen mag, besonders für ungläubige Skeptiker und notorische Nörglerinnen, in der Schule, genauer gesagt in der Chemiestunde an einer naturwissenschaftlich ausgerichteten höheren Schule irgendwo im Westen von Österreich. Aus verständlichen Gründen sind genaue und weitere Angaben zu verschweigen und die Namen der handelnden Personen zu ändern. Denn das Ereignis hat ihr Leben dermaßen verändert, dass es jeder und jede verstehen wird, wenn sie nun inkognito bleiben wollen. Und noch eines hat sich deutlich gezeigt bei der ganzen Geschichte, die nachstehend zu erzählen sein wird, nämlich dass die junge Generation, in deren Händen schließlich das zukünftige Schicksal dieser Welt und wahrscheinlich auch das anderer Gestirne liegt, mit ihrer Unbekümmertheit und Unbefangenheit, ihrem Wagemut und ihrer Aufgeschlossenheit durchaus in der Lage ist, die anstehenden Probleme zu bewältigen und mit ihnen fertig zu werden- während die ältere Generation, welche diese Probleme provozierte und bewirkte, mit ihrem Heer von sogenannten Fachleuten, Experten, Wissenschaftlerinnen und Politikern damit schon längst nicht mehr zu Rande kommt. Man muss eben nicht nur ein Professor, Gelehrter, ein Fachmann oder eine Fachfrau sein, um eine künftige Sache relevant und kompetent anzugehen. Beherztheit und Interesse sind oft eher ausreichende Garantien dafür, schlussendlich das Richtige, vielmehr noch das Notwendige, zu tun und sich im gegebenen Augenblick dafür auch entscheiden zu können.

Wenn es gelänge, die vielfach verfemte Schule wieder zu einem Ort des Lernens und des Miteinanders, zu einer Stätte der Lebensvorbereitung zu machen, und wenn es weiter möglich wäre, die häufig beklagte Kluft zwischen Heranwachsenden und den sogenannten Erwachsenen zu überbrücken oder doch wenigstens zu verringern, dann dürfte man eigentlich mit einer gewissen berechtigten Zuversicht den kommenden Zeiten entgegensehen und entgegengehen, denn viele der mannigfachen offenen Fragen und noch längst nicht bereinigten Probleme würden sich dann, wenn schon nicht von selbst lösen, so doch mit großer Sicherheit leichter bewerkstelligen lassen. Das anschließend Erzählte jedenfalls ermutigt dazu.

~ 1 ~

Herr Professor Spielmann hantierte an dem Gerät herum, nomen ist bekanntlich oft omen und nicht immer zufallslos, und sprach dazu. Das sei ein sogenannter Hoffmann'scher Apparat, sagte er, und während er redete, schüttete er in den auf verschiedenen Metallträgern aufsitzenden Glasbehälter etwa einen guten Liter Wasser. Dann drehte er an einem Schalter, und es begann zu blubbern, zu sprudeln und zu zischen. Das Wasser wurde immer weniger, und Professor Spielmann wies auf eine Röhre und einen Schlauch, wo jeweils Wasserstoff im einen beziehungsweise Sauerstoff im anderen Behälter herauskäme. Und um es zu beweisen, denn Beweise spielen bekanntlich in solch logischen Disziplinen wie den naturwissenschaftlichen eine große Rolle, hielt er an die Röhre ein glimmendes Stück Holz, und siehe da, es flammte deutlich sichtbar auf.

„Wasserstoff brennt", sagte Professor Spielmann, der sein Fachgebiet gründlich studiert und es sogar zu akademischen Ehren gebracht hatte, erklärend, und dazu lächelte er wissend und weise wie jemand, der einem großen Geheimnis und damit der Lösung des Rätsels auf der Spur zu sein scheint. Niemand hatte eine Frage, und so schrieb man den Merktext ein, wie in den meisten dieser Unterrichtsstunden. Sicherung des Unterrichtsertrages heißt man das.

Als es läutete, stürmten die Schülerinnen und Schüler aus dem Physiksaal und drängten in ihr Klassenzimmer, um sich auf die nachfolgende Lektion vorzubereiten. Auf dem Stundenplan stand Englisch, und „Mister Sheet", wie Magister Kröll von seinen Schutzbefohlenen neckisch genannt wurde, weil er immer eine Unmenge an Arbeitsblättern, Abzügen und Kopien brachte und seine Schüler und Schülerinnen schier damit erschlug, hatte es gar nicht gern, wenn man zu spät in seine Stunde kam. Da konnte er noch großzügiger mit seinen Papieren werden.

Nur Christian Berger schien es nicht eilig zu haben. Während der ganzen vorangegangenen Demonstration hatte ihn nur eines beschäftigt, und er musste diesen Gedanken an den Mann bringen. Also näherte er sich Herrn Professor Spielmann und fragte: „Darf ich noch etwas fragen, Herr Professor?"

„Freilich, dazu bin ich ja da, aber Kollege Kröll wird böse werden, wenn du zu spät kommst."

„Das nehme ich schon auf mich."

„Also, wo brennt's?"

„Wenn es möglich ist, Wasser zu zerlegen, Herr Professor, dann könnte man doch damit alle Energieprobleme der Welt auf einen einzigen Schlag lösen! Oder liege ich da falsch?"

Professor Spielmann zeigte wiederum sein überlegenes, abgeklärtes und weises Lächeln. „Du hast recht, Berger, oder vielmehr, du hättest. Nur, ich habe das ja deutlich gezeigt, ist eine ziemliche Ladung Energie hierfür erforderlich, und dies konnte bislang technisch noch nicht bewerkstelligt werden. Wenn dies nur halbwegs, nur annähernd zufriedenstellend gelänge, dann hätte man ausgesorgt, und das gleich doppelt, nämlich einmal, was die Energiefragen der Gegenwart und vor allem der Zukunft betrifft, und natürlich derjenige oder diejenige, welcher oder welche die entsprechende Erfindung macht. Aber glaube mir, darüber haben sich schon viele den Kopf zerbrochen."

Und während er dies sprach, lächelte er freundlich und steckte ein Kabel in den Stecker, und an einem anderen Apparat begann sich ein lustiges Rädchen vergnügt zu drehen. Der Physiksaal, der gleichzeitig auch als Chemiesaal diente, begann sich mit Schülerinnen und Schülern des fünften Jahrgangs zu füllen.

„Ich glaube, du musst nun schleunigst zurück in deine Klasse."

„Ach ja! Und vielen Dank, Herr Professor."

Christian stürmte hinaus und den Gang hinunter, dann über die Treppen, welche zu seinem Klassenzimmer führten. Als er die Tür öffnete, sah er, dass Professor Kröll bereits mit seinem Unterricht begonnen hatte.

„Entschuldigung, sorry", würgte Christian heraus und steuerte auf seinen Platz zu.

„You're late, Berger, say your excuse, in English, please!", bemerkte der Englischprofessor. Dann wandte er sich wieder den ausgeteilten Arbeitsblättern zu.

Christian aber bekam diesmal von der ganzen Englischstunde nicht allzu viel mit, denn der Hoffmann'sche Apparat spukte immer noch in seinem Kopf herum. In Gedanken sah er bereits Tankstellen, die überflüssig geworden waren, entlang der Straßen Leitungen mit Hähnen, die man nur aufzudrehen brauchte, um Treibstoff für die Fahrzeuge zu bekommen, Häuser und Wohnungen, die mit Wasserheizung gewärmt wurden, Schiffe, welche die Antriebskraft direkt dem nassen Element entnahmen, und …

Zweimal wäre er drangekommen, er konnte aber nie eine Antwort geben, was ihm beim zweiten Mal einen Verweis einbrachte. Englisch war nicht sein unliebstes Fach, daher tat es ihm irgendwie leid, aber, obwohl er sich bemühte, mitzutun und sich zur Konzentration zwang, es gelang ihm einfach nicht. Alles kreiste um die Möglichkeit, H_2O zu zerlegen, denn seine Überlegung sah folgendermaßen aus: „Wasserstoff brennt, und Sauerstoff fördert die Verbrennung. Es würden somit keine Rückstände bleiben. Also saubere Energie par excellence. Die leidigen Umweltprobleme, die CO_2-Überproduktion und der damit in Zusammenhang stehende Klimawandel, der eine Erwärmung der Erdatmosphäre bewirkt, könnten mit einem Streich von heute auf morgen bereinigt werden! Energie wäre somit etwas, was sich künftig alle leisten könnten." Er hatte in den vergangenen Schuljahren auch viel gelernt. Und so sah er im Geiste die Sahelzone und die Sahara, den Negev und den Sinai ergrünen und blühen, ebenso die Namib, die Wüste Gobi und andere Wüsten wie die Kalahari, die Atacama in Chile, die Große Victoria-Wüste in Australien, die Karakum in Turkmenistan, die Alxa oder Alashan in der Mongolei, die Chihuahua-Wüste in Mexiko, die Patagonische Steppe, das Great Basin in Nevada, die Taklamakan im Nordwesten Chinas, auch „Wüste ohne Wiederkehr" genannt, die Syrische Wüste und die Große Arabische Wüste Rub al-Chali, abgesehen von den arktischen und antarktischen Eiswüsten. Die hungrigen Kinder Äthiopiens, im Jemen, in Indien und in Bangladesch und in anderen von Dürre und Unfruchtbarkeit, Hungersnöten und Unterversorgung der Bevölkerung geplagten Teilen der Welt hatten aufgehört zu schreien, dahinzusiechen und dann still zu sterben, denn sie hatten Getreide und Reis, und die Rinder und Schafe oder Ziegen waren nicht mehr abgemagert bis auf die Rippen, wie er es aus dem Fernsehen kannte, sondern kraftvoll und fleischig, und sie gaben ausreichend Milch. „Wenn …, ja, wenn. Es würde die Welt verändern. Es wäre schlechthin revolutionär, genial und außerordentlich."

Und je mehr er in Konjunktiven dachte und Möglichkeiten erwog und sich Hypothesen ausmalte, umso stärker spürte er den deutlichen Wunsch und inneren Drang, derjenige zu sein, dem es gelingen sollte, würde, musste! Er, Christian Berger, angehender Maturant beziehungsweise Abiturient mit noch unklaren Berufsvorstellungen – aber wahrscheinlich würde er wohl studieren, er hatte an Medizin, was man zu Hause gern gesehen hätte, aber auch an

Jus beziehungsweise Jura gedacht, hatte sich aber noch nicht entscheiden können, außerdem wollte er auch noch den Tag der offenen Türen an der Uni abwarten und sich einen Eindruck holen –, fühlte sich dazu berufen, diese große Aufgabe anzugehen. Fliegen und Reisen würden sehr billig werden. Er war erst einmal geflogen, und seither träumte er von Reisen und fernen Ländern. Für die Menschheit würde es unzweifelhaft ein Segen sein. Er, Christian Berger, hatte seinen Auftrag gefunden und als sein Lebensziel erkannt, und er würde ihn auch selbstredend annehmen.

Christian sprach mit niemandem darüber. Sie hätten ihn mit Sicherheit doch nur ausgelacht. Einen Freund, mit dem er hätte alles besprechen können, hatte er doch nicht so richtig. Als pendelnder Schüler, der jeden Tag hin und zurück mehr als siebzig Kilometer fuhr, hörte das mit der Zeit von selbst auf. Und zu Hause würden sie wohl auch nicht das richtige Verständnis dafür aufgebracht haben. Niemand in der Familie war vom Fach und verstand etwas von der Materie, also warum andere damit belästigen oder gar belasten? Zum Schluss hätten sie auch noch Angst bekommen, das Haus könnte in die Luft fliegen. „Nein, nein, nur niemanden beunruhigen oder behelligen. Schließlich muss man ja auch Fehlschläge und Misserfolge einkalkulieren."

Christian war in den kommenden Wochen und Monaten mehr als beschäftigt. Zum einen musste er sich auf die näher rückende Reifeprüfung vorbereiten, die er keinesfalls auf die leichte Schulter nehmen wollte, zum anderen kaufte, lieh und besorgte er sich Bücher und Fachartikel, welche Aussagen, Informationen und Angaben zu seiner Idee beinhalteten. Seine ganze Freizeit und nächtelang saß er darüber, exzerpierte, entwarf Skizzen, machte Berechnungen, führte Experimente durch, und bald sah es in seinem Zimmer und im Keller im Hause Berger aus wie in einem Forschungslabor. „Viel wird heutzutage schon verlangt bei der Matura, beim

Abitur", meinten die Eltern, die alles im Zusammenhang damit sahen, und der jüngere Bruder sagte schlicht, er werde sich das alles sicher nicht antun, denn was er da bei Christian erlebe, das würde ihm genügen. Dieser bastelte und tüftelte und probierte und studierte, sprach mit Mechanikern, Installateuren, Ingenieuren, Technikern, rief bei diesen und jenen Institutionen an, schrieb Briefe, korrespondierte mit Fachleuten und einschlägigen Stellen und machte eher beiläufig die Matura, die er dennoch mit gutem Gesamterfolg bestand.

Und dann stürzte er sich so richtig in sein Vorhaben, und seine Eltern schüttelten deswegen den Kopf und verstanden alles nicht, denn nun sei doch eh alles gut vorbeigegangen, wie sie argumentierten. Sie redeten ihm gut zu, zuerst zu verreisen und dann einen Ferialjob anzunehmen, etwa als Bademeister im heimatlichen Schwimmbad, da würde man gar nicht schlecht verdienen, und zu anstrengend wäre es auch nicht, und die Familienmitglieder könnten obendrein noch umsonst baden und schwimmen.

Christian jedoch erwies sich diesmal bei aller Gutherzigkeit, die er an den Tag legte, als erstaunlich unnachgiebig und starrköpfig und schlug alles aus. Er verbrachte seine gesamte Zeit mehr oder weniger im Keller bei seinen Apparaturen, egal, ob es draußen regnete oder ob die Sonne schien, und arbeitete an seinen Gerätschaften.

Und eines Tages, mitten im Sommer war es, stürzte er verschmiert und verdreckt aus seinem Raum und schrie triumphierend: „Es geht, es funktioniert! Heureka! Ich hab's gefunden! Juchhu!" Und er tanzte und hüpfte im Haus umher. Er bat den Vater, ihm doch das Auto, beinahe schon zwölf Jahre im Familienbesitz, zu leihen. Den Probeführerschein L17 hatte er gleich nach seinem siebzehnten Geburtstag gemacht. Also hatte der Vater nichts dagegen, und nachdem er Christian eingeschärft hatte, ja sorgfältig aufzupassen und achtzugeben, überließ er ihm das Auto.

Christian nahm daraufhin an einigen Details des Wagens, vor allem am Vergaser, an der Zündung und an einigen Teilen des Motors einige Veränderungen vor – auf die technischen Einzelheiten wird an dieser Stelle nicht weiter eingegangen, vor allem wegen der Geheimhaltungsverpflichtungen und gesetzlichen Auflagen und so –, und dann machte er seine erste Probefahrt mit nichts als klarem Wasser im Tank, ganz ohne jegliche Zusätze.

Eine ganze Woche lang probierte er alles aus, fuhr längere und kürzere Strecken, und es funktionierte einwandfrei. Noch immer hatte er dem Vater und auch sonst niemandem ein Sterbenswörtchen gesagt, und stets stellte er das Auto vollgetankt mit Wasser in die Garage. So blieb das kleine Geheimnis unentdeckt. In der Zwischenzeit baute Christian heimlich seine Erfindung an der Ölfeuerungsanlage im Keller ein und machte an kühlen Sommerabenden die ersten Versuche damit. Der Rasenmäher war das nächste Versuchskaninchen, dann das Moped des Bruders.

Eines Tages nahm der Vater das Auto und brachte es zur Wartung in die Werkstätte. Als er am späteren Nachmittag des darauffolgenden Tages sein Auto wieder abholen wollte, erlebte er eine Überraschung nach der anderen. Der Mechanikermeister teilte ihm mit, er habe ganz eigenartige und ungewöhnliche Veränderungen und Manipulationen an verschiedenen Bestandteilen entdeckt. Das Auto befände sich noch immer in einem ausgezeichneten Zustand, aber vollkommen unerklärlich sei ihm das mit dem Tank, da sei nämlich lauter Wasser, nichts als pures Wasser drin. Das sei ihm unverständlich und außerdem gegen die Vorschriften. Daher habe er Meldung an die Zulassungsbehörde machen müssen, da dies alles gegen die Typisierungsrichtlinien verstoße, und für nächsten Montag war eine amtliche Begutachtung angesetzt.

Herr Berger senior war wirklich wie vor den Kopf gestoßen, konnte sich überhaupt nichts erklären, hatte aber doch seine Vermutungen. Unverrichteter Dinge ging er wieder heim, das Auto wurde ihm nicht mehr ausgehändigt. Etwas erzürnt und verärgert nahm er sich seinen Sohn vor. Was blieb da Christian noch anderes übrig, als alles zuzugeben und seiner Familie zu erklären? Er zeigte und erläuterte ihnen seine Erfindung, demonstrierte sie an der Ölheizung, am Moped und am Rasenmäher und berechnete die Einsparungen, welche zukünftig von Familie Berger für andere Ausgaben zu gebrauchen sein sollten.

Nun wurde ihnen manches klar, und so erwartungsvoll sie der angenehmen Seite dieser Neuheiten, vor allem, was den finanziellen Aspekt betraf, gegenüberstanden, so unruhig und unwohl wurde ihnen beim Gedanken an die bevorstehende Konfrontation mit dem Kraftfahrzeugsamt. Der Werkstättenleiter hütete das in die Jahre gekommene Auto der Familie Berger wie ein Kleinod, und da war nichts mehr rückgängig zu machen. Also ließ man den Montag mit gemischten Gefühlen auf sich zukommen.

# 2 …

Das Wochenende nahte und verging mehr oder weniger ereignislos, und dann war es Montag. Pünktlich um acht Uhr machten sich Christian und Herr Berger auf den Weg. Als sie bei der Autoreparaturwerkstätte anlangten, war die amtliche Kommission noch nicht angekommen. Die Minuten vergingen in peinlicher Bedrückung. Endlich bog ein ansehnliches Dienstkraftfahrzeug in den Hof des Betriebes ein. Vier würdige Herren, denen man ihre selbstbewusste Bedeutung an ihrem Benehmen anmerken konnte, entstiegen ihm, und nach der Zeremonie des Begrüßens, Händeschüttelns, Vorstellens und allgemeinen nichtssagenden Geplänkels begab man sich ins Innere der Werkstätte, wo das zum Mittelpunkt des Interesses avancierte Auto der Familie Berger der Dinge harrte, die da kommen würden.

Nachdem sich alle Besucher bereitliegende blaue Overalls oder Arbeitsmäntel, abhängig von der Funktion, die sie zu erfüllen hatten, übergezogen hatten, begann die Untersuchung. Der Besitzer der Reparaturwerkstätte und des Autohauses berichtete des Langen und Breiten von seinen Entdeckungen und Beweggründen für diese Aktion und beteuerte immer wieder seine Rechtschaffenheit sowie sein Verantwortungsbewusstsein, und dass er niemandem schaden wolle, betonte aber auch seine Erfüllungspflicht und Gesetzestreue.

Die Motorhaube wurde aufgeklappt, der Wagen wurde mittels Hydraulik emporgehoben und gestartet sowie mit allen möglichen Methoden von allen Seiten unter die Lupe genommen. Besonderes Interesse fanden die nach Aussagen des Kfz-Meisters bezeichneten Teile, welche mit der Zufuhr und Verbrennung der Treibstoffe und der Kraftübertragung in Zusammenhang stehen. Benzin normal, super und gemischt wurde eingefüllt, der Tank gespült und getrocknet, dann Wasser eingelassen, Probefahrten wurden vorgenommen, und noch immer mussten Christian und sein Vater abwartend und mehr oder weniger unbeteiligt zusehen. Die Kommission wurde deutlich erkennbar immer erregter. Apparaturen wurden angeschlossen, Messungen durchgeführt, dazwischen wurde konferiert und emsig notiert.

Die Hektik stieg. Und dann, endlich, nach einem langen Vormittag, durfte Herr Berger zu Wort kommen. Alles, was er sagte, wurde auf Tonband aufgezeichnet. Dann wurde Christian befragt. Es wurde ein regelrechtes Verhör. Was die alles wissen wollten! Manchmal konnte er nicht richtig begründen und angeben, wie er zu seiner Erfindung gekommen war, manche Fachausdrücke waren ihm unbekannt. Aber es bestand kein Zweifel darüber: Die Sensation war perfekt! Es war die Erfindung schlechthin. Keine Energieprobleme mehr, keine Luftverschmutzung und Umweltproblematik mehr, keine CO_2-Überproduktion, keine damit begründeten Tempolimits und Reisebeschränkungen und kein Waldsterben mehr, keine Erderwärmung, und hoffentlich bald viele andere Schattenseiten dieser Welt nicht mehr! Die Wüsten würden blühen und fruchten, und die bedrohte Natur würde wieder entgiftet werden können!

Sie standen alle da und blickten den so durchschnittlich ausschauenden jungen Mann mit dem etwas blassen Teint und den klugen Augen irgendwie befangen und verständnislos an. Man einigte sich vorerst darauf, Stillschweigen zu bewahren und ja nichts verlauten zu lassen. Zuerst musste der Instanzenweg eingehalten werden und waren die Meldungen und Berichte zu verfassen. Die Regierung war zu informieren, und diese sollte schlussendlich auch darüber befinden, wie weiter vorgegangen werden sollte und wie man sich zu verhalten habe. Das war wirklich kein alltägliches Vorkommnis, und dazu ist die Obrigkeit ja schließlich da. Man ging auseinander mit einem unguten Gefühl, und dieses schien sich zu bewahrheiten: Irgendjemand konnte offenbar mit Geheimnissen nicht gut umgehen und schon gar nicht sie für sich zu behalten, denn Herr Berger und Christian waren noch gar nicht so richtig daheim angelangt, als der Tumult und Rummel losbrachen. Das Telefon klingelte in einem fort, Reporter kündeten sich an, und alle möglichen Stellen wollten wissen, was denn an der ganzen Geschichte wahr sei. Mutter Berger musste Baldrian-Tropfen einnehmen, so sehr ging ihr das Tamtam auf die Nerven. Ob sie es wollten oder nicht, jetzt war es heraus, und die Öffentlichkeit hatte durch irgendeine Indiskretion von jemandem verfrüht Kenntnis davon erhalten. Jetzt waren sie nicht mehr irgendeine x-beliebige österreichische Durchschnittsfamilie, sondern standen im Brennpunkt des Weltinteresses mit allen Konsequenzen, den positiven wie den negativen. Die Polizei rückte an und stellte Posten auf, die das Haus und vor allem die Garage bewachen sollten. Der Präsident der Industriellenvereinigung, der Chef der Wirtschaftskammer und der Handelsminister höchstpersönlich kündigten für den nächsten Tag ihre Besuche an. Und noch am selben Abend wurde im Rundfunk und im Fernsehen das laufende Unterhaltungsprogramm unterbrochen und folgende Sondermeldung verlautbart:

„Nach jüngsten Agenturmeldungen scheint es westlichen Wissenschaftlern gelungen zu sein, durch die Entwicklung eines neuartigen Verbrennungssystems die gegenwärtig hochaktuellen Energie- sowie Klima- und Umweltschutzprobleme dank der offensichtlich realisierbaren Möglichkeit, Wasser als Treibstoff zu verwenden, bewältigbar machen zu lassen. Nach Bekanntwerden weiterer und genauerer Fakten werden wir noch ausführlicher darüber berichten."

Ja, die Welt stand Kopf, die Dinge überschlugen sich, und die Neuigkeit verbreitete sich wie üble Nachrede überallhin. Und zum ersten Mal seit Langem lag Christian in seinem Bett und konnte nicht einschlafen. Dieser heutige Tag hatte einfach zu viel gebracht.

~ 3 ~

Was Christian zu diesem Zeitpunkt weder ahnte noch wusste, war der Umstand, dass hinter verschlossenen Türen hitzige und allerhöchste Gespräche geführt wurden. Nachdem die sensationelle Meldung im atemberaubenden Tempo der heutigen Medienlandschaft den Erdball umrundet hatte und bis in den hintersten Winkel vorgedrungen war, war man mancherorts hellhörig und unruhig geworden. Die Telefonleitungen zwischen Ost und West, Nord und Süd liefen heiß, die Mächtigen der Konzerne, Kartellverbände und Aktienbörsen rutschten unruhig und nervös auf ihren polsterweichen Chefsesseln hin und her oder zerkauten gedankenträchtig ihre dicken Zigarren, an welchen sie sonst gemütlich und genussvoll zogen. Die Militärs wurden in höchste Alarmbereitschaft versetzt, und in den diplomatischen Vertretungen hatte man nun keine Zeit für zeitvertreibende Cocktailpartys. Die Industriebosse und Konzerndirektoren berieten und berechneten und planten in unendlich langen Konferenzen und kamen immer wieder nur zu dem einen Resultat: „Das darf nicht sein! Das bringt die ökonomische Weltordnung durcheinander!" Alle bekamen sie schreckliche Angst vor dem drohenden Chaos. Und sogar in Verbrecherkreisen, die sich hinsichtlich Organisiertheit von bestimmten staatlichen Organen keineswegs unterschieden und diesen um nichts nachstanden, diskutierte man die Folgen und Möglichkeiten peinlich exakt durch, und man war sich im Allgemeinen einig darüber: Hier hatte unbedingt etwas zu geschehen, da musste man eingreifen und zuschlagen, und zwar sofort, bevor es andere taten! Denn dass es geschehen würde, daran zweifelte niemand, am wenigsten obrigkeitliche Stellen.

Wie gesagt, weder Christian noch sonst eines der Familienmitglieder hatte auch nur die geringste Ahnung davon, dass da irgendetwas auf sie zukommen sollte, was sich wie eine schwarze Gewitterwolke langsam über ihren Köpfen zusammenbraute.

Besonders Christian und sein jüngerer Bruder Dietmar genossen den Trubel im und ums Haus, und die Eltern hatten sich mehr oder weniger hilflos ihrem Schicksal ergeben. Herr Berger, der beruflich bei einer Bank arbeitete, hatte vorläufig Urlaub genommen, da seine Anwesenheit zu Hause aufgrund der Geschehnisse doch erforderlich schien. Christian und Dietmar saßen im Wohnzimmer, tranken Cola und malten sich fantasievoll aus, was sie mit dem vielen Geld, welches ihnen nun unzweifelhaft zufließen würde, davon waren sie überzeugt, machen würden. Reisen, ein neues Auto für jeden von ihnen, tolle Kleider, ein flotter Lebensstil, Vergnügen und Spaß, Müßiggang. Alles würde möglich sein. Der Vater dachte in dieser Hinsicht eher praktisch. Schließlich war er ja von seinem Beruf her damit befasst. Er schlug Investitionen, Grund- und Wohnungskäufe, Beteiligungen an Aktiengesellschaften und dergleichen vor. „Geld muss angelegt werden und wachsen können", wie er es nannte. Mutter Berger wollte einerseits das alte, bisherige Heim nicht aufgeben, andererseits dachte sie ans Vergrößern, Aus- und Umbauen, mehr Grund und Boden, und auch an Schmuck. Ja, die Verwandten sollten und wollten ebenfalls etwas abbekommen, und schließlich dürfte der caritativ-soziale Aspekt ebenfalls nicht zu kurz kommen. Sie würden selbstverständlich etwas Gutes tun. Es wäre schon schön, vermögend, reich zu sein, zu werden. Das Leben sah gleich ganz anders aus. Alles war nun plötzlich viel erreichbarer als sonst.

Sie saßen da und freuten sich, dass es so gekommen war, wie es gekommen war, und sie zeigten sich alle ausnahmslos stolz auf Christian. Ja, und nicht zu vergessen, auch der Bürgermeister hatte seine Aufwartung angekündigt und auf die Bedeutung dieser weltverändernden Errungenschaft für den kleinen und bisher nicht gerade bedeutsamen Ort verwiesen, der nun sicherlich aufblühen, am Erfolg teilhaben und im Mittelpunkt des Weltinteresses stehen werde. Die Musikkapelle hatte ein Ständchen zum Besten gegeben und war anschließend gastlich bewirtet worden, und sogar der Herr Pfarrer hatte auf einen Sprung vorbeigeschaut und bemerkt, wie viel noch zu tun wäre in seiner Gemeinde und natürlich überhaupt in der Welt. Sie waren plötzlich jemand, und sie genossen dieses neue Gefühl und sonnten sich darin. „Man sollte das Glück haben, das Glück nicht zu brauchen", sagt ein Sprichwort. Das Glück war nun zu Besuch bei Familie Berger, darüber bestand gar kein Zweifel.

Die Uhr zeigte kurz vor Mitternacht. „Morgen wird sicherlich wieder ein anstrengender Tag werden", sagte der Vater. Die Mutter erhob sich. „Ich bin auch müde. Gute Nacht, Kinder!" Sie gab beiden Söhnen einen Kuss auf die Wange, welche sie ihr hinhielten, wie sie es gewohnt waren. Christian trank sein Glas mit einem Zug leer und stellte es hin. „Mir reicht es heute auch. Ich gehe schlafen. Kommst du mit, Bruderherz?" Dieser wollte jedoch noch nicht und blätterte im TV-Programmheft. „Da kommt noch ein Krimi, den möchte ich mir ansehen", erwiderte er und schaltete das Gerät an. Der Vater bekam es schon nicht mehr mit, er war bereits im Badezimmer verschwunden.

4

Während sich die anderen nach und nach zur Ruhe begaben, blieb Dietmar auf, um den Film anzusehen. Die Nacht hatte sich über das kleine und unbekannte Bergdorf in den Alpen gesenkt. Alles schien friedlich und ruhig. Aber, wie so oft, trog der Schein.

Plötzlich, es ging alles sehr schnell, wurde die Stubentür aufgerissen, und noch ehe sich Dietmar umsehen konnte, hatte er schon einen Schlag auf den Hinterkopf bekommen, der ihn etwas benommen machte. Er wurde gefesselt und geknebelt, und anschließend wurde ihm ein Betäubungsmittel gespritzt. Dann stülpte man ihm eine Kapuze über den Kopf und trug ihn hinaus zu einem in der Einfahrt wartenden Lieferwagen. Von den Geräuschen geweckt, wollte der Vater nachsehen, was da los ist, obwohl ihn seine Frau zu beruhigen versuchte, da doch das Haus von der Exekutive bewacht wurde. Sie konnte ja nicht wissen, dass die Beamten überwältigt und außer Gefecht gesetzt worden waren. Und noch ehe sie sichs recht versahen, lagen sie genauso verschnürt und behandelt wie ihr jüngerer Sohn zum Abtransport bereit.

Das Überfallkommando bestand aus einer Reihe von Leuten, vorwiegend Männer, im Haus befanden und betätigten sich aber nur vier von ihnen. Es waren vier elegant gekleidete, sportliche Herren, mit Ringen an den Fingern und Goldkettchen an den Handgelenken und bis zu den Zähnen bewaffnet. Ihr Anführer gab ein Handzeichen. „Einer fehlt noch. Los! Durchsucht die Zimmer!" Katzengleich machten sich zwei von ihnen sogleich daran, dieser Aufforderung nachzukommen. Die beiden anderen sicherten diese Aktion.

Nach ein paar Minuten brachten sie Christian. Sie hatten ihm lediglich die Arme auf den Rücken gebunden. Im Pyjama und in Sandalen musste er mitkommen. Man hatte ihm nicht erlaubt, sich anzuziehen. Sie hatten es eilig und wollten sich so rasch wie möglich aus dem Staub machen. Als der Anführer des Kommandos Christians ansichtig wurde, verzog er seinen Mund zu einem zufriedenen Lachen. Eine Reihe perlweißer Zähne wurde sichtbar. Dann sagte er etwas, das Christian nicht verstand. Doch er glaubte, die Sprache erkannt zu haben. Für ihn klang es Arabisch.

Sie führten ihn nach draußen, er sah den Rest seiner Familie bewusstlos und gefesselt im Auto liegen, jedoch er war außerstande, für sie oder für sich in dieser Lage etwas Hilfreiches zu tun. Resigniert senkte er den Blick. Das Vernünftigste würde jetzt sicher sein, sich zu fügen, wiewohl Vernünftigsein nicht immer das Beste und schon gar nicht immer leicht ist. Bevor man auch ihm einen Sack über den Kopf stülpte, konnte er gerade noch einen Augenblick wahrnehmen, wie ihr Auto mit einem Hebekran auf einen Abschleppwagen gehievt wurde. Dann starteten sie und fuhren davon.

Hinter ihnen blieb das Bergdorf zurück, wo am nächsten Morgen die Aufregung groß war, als man bei Tagesanbruch die teils verletzten, teils getöteten und nur wenigen nichtlädierten Polizisten und Bewacher auffand, die überhaupt keine Angaben über den Vorfall machen konnten, denn alles war für sie zu schnell und überraschend geschehen. Auch als der Reihe nach die angekündigte Prominenz eintraf, musste eine der Autoritäten nach der anderen zur Kenntnis nehmen, dass sie umsonst gekommen war. Es halfen weder Vorwürfe noch Klagen. Man beriet sich und beschloss, Stillschweigen zu wahren. In einer sofort einberufenen Pressekonferenz teilte der Energieminister mit, dass die sensationelle Erfindung nun einer strengen Kontrolle durch

Experten unterzogen würde, und dass man bei Vorliegen der Resultate, was sicher noch geraume Zeit in Anspruch nehmen werde, die Öffentlichkeit gebührend informieren würde. Bis dahin wolle man jedoch im Sinne der Bedeutsamkeit der Angelegenheit ernstlich arbeiten, wozu Ruhe und Besonnenheit erforderlich seien. Soweit die offizielle Stellungnahme. Dass hinter den Kulissen, der nichtkundigen und nichteingeweihten Öffentlichkeit verborgen, die Aktivitäten und Suchaktionen zur Aufklärung des spurlosen Verschwindens der gesamten Familie Berger fieberhaft weitergingen und vorangetrieben wurden, wenngleich erfolglos, versteht sich von selbst und bräuchte im Grunde nicht eigens erwähnt werden.

Unterdessen hatte man die Gesuchten längst in ein Sportflugzeug verladen, welches auf einer Lichtung auf die trotz der Dunkelheit mit abgeblendeten Scheinwerfern fahrende Autokolonne gewartet hatte, und brachte sie damit zu einem sich in der Nähe befindlichen Flugplatz. Dort verlud man sie in eine große Düsenmaschine, welche bald darauf abhob und der aufgehenden Sonne entgegenflog. Man nahm ihnen alle Fesseln und sie behindernden Knebel ab, und nach und nach kamen die noch immer ohnmächtigen Eltern und der Bruder wieder zu sich. Dietmar hielt sich seinen schmerzenden Kopf. Aber niemand fragte oder sagte etwas, sie verstanden die Situation, in der sie sich befanden, sehr wohl. Sie tauschten schweigend vielsagende Blicke aus. Christian nickte seiner Mutter aufmunternd und gleichzeitig beruhigend zu.

Unter ihnen endete gerade das Festland, und das Meer – welches, konnten sie nicht sagen oder erkennen –, erstreckte sich ab da in scheinbarer Unendlichkeit. Ihre Bewacher servierten ihnen ein Frühstück und benahmen sich äußerst zuvorkommend und freundlich. Es wurde nicht viel gesprochen. Es mochte gegen Mittag gewesen sein, als man sie aufforderte, sich anzuschnallen. Ein Blick aus dem ovalen Fenster zeigte, dass sie wieder über Land waren.

Der Düsenjet setzte zur Landung an, und eine Sandfontäne wirbelte entlang der Piste auf. Als sie die Gangway hinuntergingen, bewacht und umzingelt, erkannten sie, dass man sie an einen Ort irgendwo in einer Wüste gebracht hatte. Schwer bewaffnete Beduinen bewachten das Gelände. Christian schaute zurück und sah, dass auch ihr Auto mit von der Partie war. Nun, ein Familienausflug war es keiner, jedenfalls nicht das, was man sonst darunter versteht, aber wenigstens waren sie beisammen und alle vier am Leben. Unter den gegebenen Umständen war das immerhin gar nicht einmal so übel.

Wider alle Erwartungen wurden sie fürstlich untergebracht und verpflegt. Sie wurden in einen kleinen weißen Bungalow mit moderner Einrichtung und Klimaanlage gebracht, konnten sich duschen, erfrischen, sogar ein Swimmingpool stand ihnen zur Verfügung. Nur sich frei bewegen durften sie nicht. Auf Schritt und Tritt folgte ihnen ein burnusgewandeter Wächter, das Maschinengewehr griffbereit im Anschlag.

Soweit es ihre Befindlichkeit und Lage zuließ, taten sie sich an den frischen Früchten und kühlen Getränken gütlich, ja, sie machten sogar Witze von wegen Gratisurlaub und so. Die Mutter zeigte sich überraschend nervenstark.

Im Laufe des Tages hieß man sie ihre Kleidung ablegen, und sie mussten sich Kniehosen aus weißer Baumwolle mit hinten sackartigem Schnitt, den sogenannten *Serual*, anziehen. Während die Mutter einen langen Rock, die *Fonta*, und als Oberbekleidung eine *Blousa* mit weitem Ausschnitt erhielt und zum Darüberschlingen einen glänzenden *Sefrari*, der auch die untere Gesichtshälfte verdeckte, gab man den drei Herren je eine *Dschebba*, welche weit über den Körper hinunterreichte. Darüber mussten sie noch einen

Kaschabya umlegen, einen vorn geschlossenen Mantel, der gegen Hitze und Kälte, aber auch gegen Wind und Sandstürme gleichermaßen schützt. Als Kopfbedeckung bekamen sie eine Kephta, darunter eine Scheschia aus Filz. Diese Turbane, Quobita genannt, sind einfach um den Kopf geschlungene Tücher, welche ihnen eine besondere Würde verliehen. „Ich komme mir vor wie im Fasching", sagte die Mutter scherzhaft, und sie mussten alle lachen. Dann führte man sie hinaus.

Man brachte sie zu einem Geländewagen, und los ging es über Stock und Stein. Keine Straße, kein Weg, keine Markierung, nichts als Sand und Dünen, so weit das Auge reichte. Aber die Wüstensöhne konnten sich unerklärlicherweise dennoch orientieren und fanden den Weg. Als es nach und nach steiniger wurde, mussten sie vom Auto herunter und, beinahe wie in einem Märchen aus „Tausendundeine Nacht", Dromedare besteigen. Damit die Reiter leichter hinaufkamen, lagen die Tiere zunächst und erhoben sich dann schwerfällig und stöhnend mit ihrer Last. Im Passgang trabten sie, karawanengleich einer hinter dem anderen, stundenlang durch die Wüste.

Endlich, nach vielen Stunden, gelangten sie zu einer Karawanserei an einer Oase. „Wie bei Karl May", bemerkte Dietmar. Sie wurden in ein Zelt geführt. Dort sollten sie Platz nehmen. Wieder erhielten sie Speisen und Getränke, und nachdem man ihnen Wasser und saubere Tücher gebracht hatte, um sich zu reinigen, erschien ein stattlicher Herr mit Sonnenbrille, dessen Kaschabya mit einem breiten Goldsaum besetzt war.

„Asslamaa! Guten Tag!" sagte er. Sie erhoben sich respektvoll und erwiderten seinen Gruß. Er schickte die Diener und Bewacher mit einer befehlsgewohnten Handbewegung nach draußen und ließ sich auf ein Lager aus vielen Polstern fallen. Dann bedeutete er ihnen mit einer einladenden

Geste, ebenfalls wieder Platz zu nehmen. „Kief halek? Wie geht es Ihnen? Ich hoffe gut. Ana ferhan, ich freue mich, Ihre Bekanntschaft zu machen. Ssamahni, entschuldigen Sie, dass wir uns unter diesen Umständen kennenlernen müssen, aber Sie werden einsehen, dass Ihre Erfindung mit einem Schlag unsere ganze schöne Politik und Weltwirtschaftsordnung ordentlich durcheinandergebracht hätte. Le, barakallahu, nein danke, hathe rali jasser, das ist zu teuer. Das geht nicht, das müssen Sie doch verstehen. Was sollten wir denn da mit unserem ganzen schönen, teuren Öl noch anfangen? Wir könnten darauf sitzenbleiben und Lämmchen grillen oder was auch immer. Le, barakallahu. Also durften wir es erst gar nicht so weit kommen lassen. Wir mussten handeln, und zwar schnell, und noch bevor es jemand anders getan hätte." Er strich sich über seinen gepflegten, kurz geschnittenen Bart und lächelte freundlich, bevor er sich weiter fragend an sie wandte: „Wer ist denn der Vater des Gedankens? Wem haben wir die Misere zu verdanken?" Sein Blick schien jeden Einzelnen von ihnen zu durchbohren.

Christian erhob sich. „Ich habe den Umsetzer konstruiert." „Hathi hlua, das ist sehr schön, mein Sohn, du bist ein kluger Kopf! N' heb hatha, das möchte ich haben. Barakallahu fik, labass! Danke, gut. Nun, betrachten Sie sich als unsere Gäste, die besonderen Sicherheitsvorkehrungen dienen nur Ihrem Schutz und Ihrer Sicherheit. Wir werden Sie hier bei uns behalten, bis ausreichend Gras über die Sache gewachsen ist, und es wird und soll nicht zu Ihrem Schaden sein! Sie haben sich weder zu ängstigen noch zu sorgen, es wird alles für Ihre Bequemlichkeit und für Ihr Wohlergehen getan werden. Sehen Sie es einfach als eine Art Sonderurlaub an." Er lächelte erneut, doch sein Blick zeigte an, dass seine Gedanken ganz woanders waren. „Nur unser junges Genie hier", er deutete auf Christian, „wird uns ganz genau in seine Erfindungen und Kenntnisse einweihen. Gut so,

Herr Ingenieur? Ach ja, bevor ich es vergesse, Ihr Auto ist auch hier. Es steht also nichts im Wege, sich wie zu Hause zu fühlen. Filaman! Bis bald! Bisslamaa, auf Wiedersehen!" Er klatschte, und die Wächter kamen, um die Bergers wieder wegzubringen. Es ging wieder, zuerst auf den Dromedaren, dann im Geländewagen, zurück ins Lager, welches uneinnehmbar wie eine Festung erschien. Und es ergab sich alles so, wie es der Scheich, sie hatten ihm diesen Titel gegeben und nannten ihn bei sich so, angekündigt hatte.

Während die Mutter, der Vater und der Bruder reiten, jagen, schießen, schwimmen oder ganz einfach faulenzen konnten, wurde Christian befragt und ausgehorcht. Er musste seine Berechnungen und Formeln vorlegen, Skizzen zeichnen und am Auto die Einzelheiten vorführen. Alles wurde sorgfältig registriert und aufgezeichnet und mit anderen Papieren verglichen. Einmal erkannte Christian sogar seine Handschrift auf einer der Kopien, und auf seine Frage hin wurde ihm mitgeteilt, dass sein gesamtes Material nach hierher mitgenommen worden war und alle seine Angaben auf Richtigkeit und Vollständigkeit hin kontrolliert würden.

Etwas musste man ihnen lassen: Sie waren gründlich vorgegangen, und sie hatten alles in ihren Händen. Alles, was sie brauchten. Bismillah. Gott hat es so gewollt. Und dagegen kommt der Mensch nicht an. Sie begannen sich langsam, aber sicher an dieses Leben zu gewöhnen. Der Vater machte sich zwar Gedanken um seinen Arbeitsplatz, die Mutter sorgte sich um Oma Berger und wegen der Schule, die für Dietmar schon wieder begonnen hätte, ansonsten hatten sie keinen Grund zur Klage. Ab und zu mussten sie zum Scheich oder Sheik kommen, oder aber er suchte sie auf, und dann plauderten sie wie Freunde oder zumindest wie gute Bekannte. Nur Zeitungen, Radio und Fernsehen hielt man von ihnen weitgehend fern, von der Außenwelt waren sie jedoch vollkommen abgeriegelt.

~ 5 ~

Eines Tages herrschte nicht die übliche Gelassenheit im Lager. Weit mehr Bewaffnete als sonst waren anwesend, auch solche in Armeeuniformen. Artillerie und Fliegerabwehr wurden aufgefahren und postiert. Wie häufig dachten die Bergers auch in dieser Situation daran, die allgemeine Hektik und Verwirrung auszunützen und einen Fluchtversuch zu wagen. Doch Christian erkannte die Aussichtslosigkeit eines solchen Unterfangens, welches von vorneherein zum Scheitern verurteilt gewesen wäre. Ohne zu übertreiben: Nicht nur sie wurden wie der wertvollste Schatz gehütet und bewacht, sondern mehr oder weniger jeder Stein, zumindest entstand dieser Eindruck. Wo man hinsah oder hinkam, überall standen, gingen, saßen oder lagen freundliche bis scheinbar teilnahmslose, aber in jedem Fall schwer bewaffnete Männer. Elektrisch geladene Stacheldrahtzäune, noch dazu an eine Alarmsirene angeschlossen, die frenetisch laut aufjaulte, sobald man sich dem Zaun näherte, sicherten die an und für sich schon unüberwindbare, mehr als zwei Meter hohe Umzäunung ab. Lediglich das nur automatisch zu öffnende Tor und die Schießluken boten Zugang in die umliegende Weite der Wüste.

Aber wohin dort? Sie waren doch als naturentwöhnte Angehörige der westlichen Zivilisation überhaupt nicht in der Lage, sich zu befreien und da draußen zu überleben. Nein, es blieb ihnen nichts anderes übrig, als den Lauf der Dinge geduldig abzuwarten und sich zu fügen. Zeit haben und sich Zeit nehmen. Hier lernten sie es, und es tat ihnen nicht einmal schlecht, zu erfahren, dass Zeitgefühl eben relativ ist, und dass man sich die Hektik des Alltags mehr oder minder selbst macht, beziehungsweise dass man selbst schuld ist, wenn man sich von der Unruhe seiner gehetzten und gestressten Zeitgenossen anstecken lässt. Der Orientale nimmt die Gelegenheiten, wie sie sich ihm bieten, und in der schier endlosen Weite der ockerbräunlichen Sandwüste ist und wird Zeit wirklich bedeutungslos. Der Mensch ist seinem Kismet, seiner Bestimmung, seinem Schicksal, seiner Vorsehung buchstäblich ausgeliefert.

Sie saßen in ihrem Bungalow, wohin man sie geschickt hatte. Irgendetwas musste los sein. Es ging zu wie in einem Bienenstock, wenn der Bienenbussard darüberfliegt. Tatsächlich, man vernahm Motorengeräusche in der Luft. Der Scheich betrat das Zimmer, unangemeldet, ganz entgegen seiner sonstigen Gepflogenheiten. Er wirkte bedrückt und ernst. „Asslamaa, seid gegrüßt", sagte er, und ohne ihren Gegengruß abzuwarten, oder ihnen auch nur die Gelegenheit dazu einzuräumen, fuhr er fort: „Jetzt ist es so weit. Jemand, der sich sehr stark für Sie und für Ihre Erfindung zu interessieren scheint, hat unser Schlupfloch in dieser Einöde gefunden. Mag sein, dass wir zu ängstlich sind, aber in solchen Fällen kann man nie vorsichtig genug sein. Vielleicht wird es brenzlig. Wir werden nicht nur unsere Haut, sondern auch die Ihre so teuer wie möglich feilhaben. Aus verständlichen Gründen können wir Sie nicht bewaffnen. Um Sie nicht zu gefährden, muss ich Sie ersuchen, diesen Raum bis auf Weiteres nicht zu verlassen."

Ein waffenstrotzender Beduine riss grußlos die Tür auf, stürmte herein und stieß ein paar hastig gesprochene Wortfetzen hervor. Der Scheich nickte kurz und antwortete nicht. Der Beduine rannte wieder davon, und der Scheich erklärte: „Es sieht ganz danach aus, als würde es bald losgehen. Halten Sie sich an meine Order. Es ist zu Ihrem Besten. Bisslamaa! Gott mit Ihnen!" Dann verließ er sie, und gleich darauf zerriss der Klang einer fürchterlichen Detonation die bislang bedrückende Stille der Spannung. Gewehrfeuer knatterte, Rufe, Kommandos und Schreie erschallten, Feuerblitze aus Waffenmündungen leuchteten auf, Raketen schlugen ganz in der Nähe ein. Die Mauern bebten. Sie warfen sich zu Boden und suchten hinter den Einrichtungsgegenständen Schutz. Einer ihrer Wächter stellte sich in den Türrahmen und beobachtete sie mit entsicherter Maschinenpistole. Ein Fenster zersplitterte, als es von der Druckwelle einer Explosion erfasst wurde. Dann verebbte der Spuk allmählich. Nach und nach wurde es ruhiger, bis nichts mehr zu hören war als das Stöhnen von Verwundeten und die Schritte sowie die Stimmen derer, die nun nach dem Rechten zu sehen hatten und sich um sie kümmerten.

Nach einer Weile, inzwischen hatten sie sich erhoben und saßen schweigend und ängstlich auf ihren Stühlen um den Tisch, erschien wiederum der Scheich. „Fürs Erste hätten wir es überstanden und sie abgewehrt. Aber ich bin mir sicher, dass sie wiederkommen. Spätestens in der Nacht werden sie wieder angreifen und es aus der Dunkelheit heraus noch einmal versuchen. Und damit haben sie einen Vorteil, wenigstens den Überraschungseffekt haben sie auf ihrer Seite, und sie bestimmen, wann und wo und wie es losgeht."

„Sie, sie", ächzte Herr Berger, „wer sind sie denn, diese ‚sie'?" Der Scheich schüttelte den Kopf. „Wenn wir das nur wüssten! Wir können es nur vermuten. Aber es sind einfach zu viele, die gern in den Besitz Ihrer Erfindung kämen, aus welchen Gründen auch immer."

„Also, dann rücken wir halt heraus damit!" schrie Dietmar.

Erneut hob der Scheich abwehrend seine Hände. „Das auf gar keinen Fall. Wir glauben, noch ist der Moment nicht reif dafür. Wenn uns jetzt auch eher monetäre Motive leiten, so sehen wir auf lange Sicht selbstverständlich die Vorteile, ja, geradezu die Unumgänglichkeit der Anwendung Ihres Hydroanalysators."

„Meines – was?", fragte Christian erstaunt.

„Ach so, ja, das ist der Name des Projekts", klärte ihn der Scheich auf. „Sie haben bisher lediglich einen kleinen Eindruck von der Öde und Leere der Wüste erhalten. Wir haben eine Vision. Eines Tages soll sie wieder grün sein und blühen und Früchte bringen. Und Ihr Hydroanalysator, junger Freund, wird wesentlich daran mitwirken und dazu beitragen. Aber vorerst müssen wir noch unser Öl gewinnbringend absetzen. Wir wissen aber auch, dass die fossilen Energiereserven sich ihrem Ende zuneigen, und dass diese Epoche bald zu Ende gegangen sein wird."

„Aha, so ist das, ich verstehe." Vater Berger nickte einsichtig, und die Mutter wagte den schüchternen Einwand: „Und das geht alles nicht, wenn wir nach Hause zurückkehren könnten? Zum Teufel mit deinem verfluchten Hydrowasweißichwas, Christian, mir wäre viel lieber, du hättest nie deine Finger in diesem Spiel gehabt. Soviel ich weiß, ist Hydra der neunköpfige Lindwurm, dem, wenn man ihm einen Kopf abschlägt, sogleich wieder zwei neue nachwachsen." Sie begann leise zu schluchzen, und ihr Mann und Christian bemühten sich um sie und versuchten sie zu beruhigen. Nur Dietmar grinste ein wenig und bemerkte kaltschnäuzig: „Also mir gefällt es! Das ist wirklich Action pur!"

Der Scheich ließ sie zurück und ging, ohne noch etwas anzufügen. Dienerinnen in Uniform brachten Nahrung und Getränke. Anschließend vertrieben sich die Bergers die Zeit, so gut es eben ging, mit „Halma„ und „Mensch ärgere dich nicht!" sowie mit Schachspielen. Diese Spiele hatten sie im Zimmer vorgefunden. Ins Bett wollten sie nicht, danach war ihnen überhaupt nicht zumute.

In der Wachzentrale saßen der Scheich und seine Offiziere vor den Funkapparaten und vor allem vor den Bildschirmen, die die Außenseiten des Camps zeigten, die mittels modernster Abwehrtechniken sowie Infrarotkameras und Bewegungsmeldern überwacht wurden. Aber nichts rührte sich, nichts war zu sehen. Die Spannung stieg und wurde langsam unerträglich. Alle spürten und erwarteten, dass es geschehen würde, auch wenn keine Anzeichen darauf hindeuteten, dass es unmittelbar bevorstand. Gerade diese Ungewissheit zehrte an den Nerven.

„Bringt die Bergers sicherheitshalber in den Bunker", ordnete der Scheich an. In dem Moment gab es einen lauten Knall. Steine, Mauerwerk, Sand und Betontrümmer spritzten hoch und flogen durch die Luft, und durch eine in die Mauer gesprengte Bresche bewegte sich langsam ein gepanzertes Raupenfahrzeug. Alle Kugeln und Geschosse prallten davon ab und konnten ihm nichts anhaben, während es aus Rohren nach allen Seiten todbringende und zerstörende Feuerzungen ausspuckte.

Es war ein schwerer Kampf. Draußen wurden Leuchtkugeln abgefeuert, und bald danach landete ein Hubschrauber und brachte den Angreifern Verstärkung. Der Bungalow der Familie Berger wurde gleichfalls beschädigt, robbend versuchten sie aus der Ruine zu gelangen, aber die Beschusswellen der Angreifer, eigentlich „unsere Befreier", wie Dietmar noch halb scherzend meinte, zwangen sie wieder zurück. Zwei Beduinen bemühten sich immer wieder, sie in den unterirdischen Bunker zu bringen, wo sie ziemlich sicher gewesen wären, doch dazu kam es nicht. Nach heißem Gefecht mussten die tapferen Herren der Wüste der Übermacht der Angreifer nachgeben und die Waffen strecken. Jedoch überlebte kaum jemand, da die Mehrzahl der Verteidiger vom Überfallkommando erschossen worden war.

Die vier Bergers wurden wieder einmal gefesselt und hinaus zum Hubschrauber getrieben. Über Trümmer und Leichen mussten sie steigen, und Christian erkannte auch den leblosen Körper des Scheichs. Trauer stieg in ihm auf, und die Mutter wimmerte leise vor sich hin. Plötzlich krachte es, und Flammen erhellten die Nacht.

„Unser Auto!" schrie Christian. Doch man drängte und stieß sie weiter und verfrachtete sie im Hubschrauber, der bald vom dunklen Nachthimmel verschluckt wurde. „Langsam wird's brenzlig", sagte Dietmar. Aber ein sie bewachender Herr mit Hut und Pistole befahl mit hartem Akzent und einer entsprechenden Geste: „Maul halten!" Also blieben sie stumm und stierten in die Dunkelheit hinaus. Der Pilot gab über das Kopfmikrofon ab und zu die Position durch, was sie aber nicht verstanden. Eine Wolke wurde vom Wind verschoben und gab einen Teil des Mondes frei. Sein Licht war jedoch schwach und vermochte die Nacht nicht zu erhellen.

In solchen Augenblicken denkt und empfindet man nichts. Die Flughöhe wurde allmählich verringert, der Hubschrauber begann einen Bogen zu fliegen und schien zur Landung anzusetzen. Da, ein Scheinwerfer blinkte mehrmals auf und erlosch dann wieder. Der Pilot drosselte den Motor und gab mit der Hand ein Zeichen. Der Herr mit Hut und Pistole drückte jedem von ihnen eine Schwimmweste in die Hand und zeigte ihnen, wie sie anzuziehen waren, indem er und die anderen sich ebenfalls eine überstreiften.

„Da unten ist Wasser", erkannte Christian. Deutlich vernahm man jetzt trotz des Fluglärms das Plätschern und Schlagen der Wellen. „Dann wird das andere, der große Schatten, wohl ein Schiff sein", flüsterte Dietmar. Die Luke wurde aufgerissen und ein Schlauchboot, welches sich nach Betätigung des Luftventils automatisch aufblies, wurde hinausgeworfen. Man hörte, wie es bereits nach wenigen Sekunden klatschend auf dem Wasser aufschlug. Demnach flogen sie nicht mehr hoch und mussten bald wassern.

Tatsächlich, der Hubschrauber setze auf dem Wasser auf, und Wasserfontänen stoben empor. Zwei Männer sprangen hinaus. Man vernahm ganz deutlich die Geräusche des Wassers. Der Mann mit der Pistole zeigte nach draußen: „Los! Dawai!" Frau Berger klammerte sich an ihren Mann. „Ich habe Angst! Das getraue ich mich nicht!"

„Es kann nichts passieren, wir sind gut abgesichert", beruhigte sie ihr Gatte und nahm sie bei der Hand. „Das war Russisch. Es sind vermutlich, da bin ich mir sicher, die …", raunte Christian seinem Bruder zu. „Der reinste Krimi", konnte dieser gerade noch zurückgeben, dann wurden sie ziemlich unsanft nach draußen geschubst. Christian fiel ins nicht gerade warme Wasser, tauchte unter, strampelte wieder an die Oberfläche und schnappte nach Luft. Aus dem Schlauchboot streckten sich ihm hilfreiche Hände entgegen, um ihm hineinzuhelfen.

In diesem Moment flammte ein blitzheller überdimensionaler Scheinwerfer auf und tauchte die Szene in gespenstisches Licht. Geblendet schloss Christian die Augen. Er schirmte sie mit der linken Handfläche ab, mit der rechten Hand hielt er sich am Bootsrand fest. Er sah ein paar Männer, seinen Bruder und seine Eltern wartend im Schlauchboot sitzen. Da jagte, fast lautlos aus der Dunkelheit kommend, ein Schnellboot auf sie zu. Wieder wurde geschossen. Die Männer im Hubschrauber und im Schlauchboot rissen ihre Pistolen aus den Halftern und feuerten auf das wie geisterhaft aufgetauchte Schnellboot, welches in einem leichten Bogen auf sie zuhielt, immer so, dass man es kaum sehen konnte, während der Riesenscheinwerfer für Festbeleuchtung sorgte. Der Hubschrauber wurde getroffen und explodierte mit einem lauten Knall, weiter im Hintergrund flog ein nicht allzu großes Schiff in die Luft. Das Schlauchboot, in dem sie saßen, wurde emporgeschleudert und hin- und hergewirbelt. Alle Insassen flogen schreiend ins Wasser.

~ 6 ~

Eine starke Hand packte Christian fest und zog ihn auf das flache Schnellboot, wo sie ihn niederdrückte, während sie mit hohem Tempo in einem weiten Bogen abdrehten. Es kam Christian sehr lange vor, bis sie weiter draußen im Meer auf ein ankerndes Schiff stießen, auf welches sie zuhielten. Sie liefen es an und drehten bei, eine Leiter wurde heruntergelassen, und sie kletterten an Bord. Das Wasser triefte auf die Planken. Durchnässt und vor Kälte, Schreck und Aufregung zitternd stand Christian da und versuchte, die Schwimmweste abzustreifen, was ihm nur mit Mühe gelang. Nach ihm kamen zwei Froschmänner heraufgeklettert, und als sie ihre das ganze Gesicht bedeckenden Taucherbrillen abnahmen, erkannte er im matten Lichtschein, dass sie eine dunkle Hautfarbe hatten. „Welcome, Christian!" sagte einer von ihnen. Ein Uniformierter, offensichtlich der Kapitän des Schiffes, und zwei Herren in Zivil standen weiter abseits und unterhielten sich, blickten aber zu ihnen herüber. Die beiden Froschmänner, welche Christian gerettet beziehungsweise entführt hatten, je nach Standpunkt, gingen zu diesen hin, nachdem sie sich ihrer Tauchanzüge entledigt hatten, und erstatteten Bericht.

Christian wurde von zwei Matrosen flankiert, in eine wärmende Decke gehüllt, abgerieben und unter Deck in eine Kajüte gebracht. Aber noch immer lag das Schiff, es mochte ein Zehntonner sein, vor Anker. Es war anzunehmen, dass man wartete. Nachdem sich Christian abgetrocknet und bereitliegende Kleidung angezogen hatte, begann er zu überlegen. Man hatte ihm passende, frische Kleider gebracht. Halb angezogen sprang er auf einmal auf und rief: „Wo sind meine Eltern, wo bleibt mein Bruder?"

Die beiden Matrosen, die ihm zugeteilt waren, versuchten ihn zu beruhigen. Er jedoch stieß sie beiseite und schrie nochmals mit weinerlicher Stimme: „Meine Eltern – wo sind sie? Mama! Papa! Dietmar!" Er stürmte die Stiege hinauf auf das Hochdeck, wo die dort Stehenden mit Ferngläsern den Horizont absuchten. Weit entfernt konnte man einen rötlichen Schein noch schwach wahrnehmen.

Die beiden Matrosen hatten ihn eingeholt und schlugen ihn, sodass er zu Boden stürzte. Hart schlug er mit dem Kopf auf, Blut sickerte aus seiner Nase. Sie rissen ihm die Arme auf den Rücken und ihn hoch.

„Meine Familie!" wiederholte er klagend. Da antwortete einer der fremden Männer in Zivil: „Wir erwarten sie jeden Moment, also beruhige dich! Wie dich, so haben wir auch sie zu retten versucht. Also nochmals, beruhige dich und verhalte dich, wie es sich für einen erwachsenen Mann gehört!" Dann machte er eine Kopfbewegung in seine Richtung, und die beiden Matrosen gaben ihn frei, wichen jedoch nicht von seiner Seite.

Erst als der Morgen graute, kam ein zweites Schnellboot zurück, allerdings ohne die Eltern und ohne Dietmar an Bord. Zwei Froschmänner kletterten wiederum die Reling hoch und redeten ziemlich lange flüsternd und gestikulierend mit den anderen. Mehrmals wiesen und schauten sie zu ihm herüber. Derjenige, welcher schon zuvor mit ihm gesprochen hatte, trat auf ihn zu und sagte beinahe bedauernd: „Wir konnten sie nicht bekommen. Ihre Leute waren schneller und entkamen, wahrscheinlich haben wir ein kleineres Boot, welches sich im Hintergrund verborgen gehalten hatte, übersehen. Jedenfalls haben meine Männer dann nichts mehr unternommen, um Ihre Familie nicht unnötig zu gefährden. Wichtig ist für uns ja nur, dass wir Sie haben. Nur mit Ihnen können wir, unseren Unterlagen zufolge, wirklich etwas anfangen. Meine Agenten haben das Wasser abgesucht, von Ihren Familienmitgliedern aber keine Spur mehr gefunden. Das heißt, und das soll Sie zufrieden stimmen, es könnte nämlich durchaus auch anders sein, dass sie aller Wahrscheinlichkeit nach mit dem Leben davongekommen und in Sicherheit sind. Wir müssen jedenfalls nun schleunigst von hier verschwinden. Eine ziemlich unsichere und raue Gegend hier!"

Leise begannen die Kolben der Maschinen zu stampfen und die Motoren zu heulen. Sie wurden zunehmend lauter. Gemächlich pflügte das elegante Schiff durch die ruhige See und zerteilte mit seinem scharfen Kiel messergleich die Wellen. Diesmal ließen sie die aufgehende Sonne im Rücken.

Christian kehrte in seine Kajüte zurück und warf sich auf die Pritsche. Verzweiflung überkam ihn. Was, wenn sie nun doch tot wären? Und alles nur durch seine Schuld. Ein Weinkrampf überkam und schüttelte ihn. Einer der Matrosen brachte ihm Tee und Zwieback, die typische Seemannskost. Erst später trank er ein paar Schlucke, fiel aber daraufhin in einen tiefen Schlaf, da sie ein Beruhigungsmittel hineingegeben hatten. Als er wieder aufwachte, stand die Sonne bereits tief im Westen und eilte ihrem Ruhebett entgegen.

Etwas benommen erhob sich Christian und ging hinaus. Bei der Tür empfingen ihn seine Schatten, wie er sie bei sich nannte, und folgten ihm. Sie hielten ihn aber nicht auf. Es ging ihm sehr schlecht. Benommen torkelte er, sich mit einer Hand an einem Tau festhaltend, den Gang entlang. Das Wasser spiegelte das Abendrot. Irgendwie hatte er das Gefühl, dass es ihn lockte und anzog. Halbbewusst nur fasste er den plötzlichen Entschluss und hechtete unerwartet mit einem mächtigen Satz über Bord. Seine Wächter hatten überhaupt keine Chance, zu reagieren und seinen Sprung zu verhindern. Aber ohne lange zu überlegen, sprang ihm der eine nach, während der zweite laut Alarm schlug und um Hilfe rief und sogleich die Fangleine mit dem daran befestigten Rettungsring in die Fluten ließ. Der Kapitän drosselte den Motor und stoppte die Maschinen.

Als Christian prustend und um sich spuckend auftauchte, packte ihn sein Retter mit einem gekonnten Griff und zog ihn, ohne dass er sich hätte bewegen können, zum Rettungsreifen. Inzwischen waren viele Männer an Deck versammelt, die sich nun alle an der Bergung beteiligten und aus Leibeskräften die beiden aus dem Wasser hochzogen. Keuchend und noch immer nach Luft ringend standen sie da. Ein Herr mit Sonnenbrille, welcher offenbar das Sagen hatte, machte einen Schritt vor und versetzte ihm einen Kinnhaken, dass es ihn nicht nur umwarf, sondern dass er auch die feuchten Bohlen entlangschlitterte. „Ein zweites Mal wirst du dir das überlegen, Bürschchen", knurrte der Anführer und rieb sich die Faust. Christian biss die Zähne fest aufeinander, um nicht laut zu schreien oder loszuheulen. Vom Schlag schmerzte sein Gesicht höllisch. Wasser trat ihm in die Augen. Aber er presste die Lippen und seine Fäuste zusammen, erhob sich und stand da wie ein kleiner, trotziger Junge. Hier hieß es also jedenfalls auf der Hut sein! Noch einmal würde ihm das nicht passieren.

Ein Gutes hatte sein kurzer Schwimmausflug jedoch an sich gehabt: Er war nun hellwach und weder belämmert noch müde.

„Der Fluchtversuch hätte dir nicht viel genützt. Hier wimmelt es nämlich von Haien." Der Boss zündete sich mit zittrigen Fingern hastig eine Zigarette an und zeigte hinaus auf die offene See.

„Wenn du nicht so von Interesse und Nutzen für uns wärst, hätten wir ja keinen Einwand und dich ihnen überlassen." Er lachte kurz. „Aber so ist es nun einmal."

Und an die beiden Bewacher gewandt, zuerst zum einen: „Ein Glück, dass du so schnell reagiert hast, und dass er wieder da ist, sonst hätte ich euch wohl für immer baden geschickt." Betreten und erschrocken schwiegen die so Gemaßregelten und starrten stumm geradeaus.

Der Kapitän kam aus dem Kommandoraum und suchte mit einem Feldstecher den Himmel ab. „Bald werden sie da sein", sagte er zum Anführer. Christian und der Matrose, welcher ihm ins Wasser nachgesprungen war, zogen sich trockene Kleidung an.

Bald danach tauchte über ihren Köpfen ein Wasserflugzeug ohne Hoheitszeichen auf, welches in Kürze unweit des Schiffes im Wasser aufsetzte. Soweit es ging, ließen sie sich herantreiben, dann wurde ein kleines Boot ausgesetzt und ins Wasser gelassen, welches die Froschmänner, die, wie sich nun herausstellte, Spezialagenten waren, den Chef der Einheit und Christian zum Flugzeug brachten. Man half ihnen hinein, winkte der Schiffsbesatzung noch einmal grüßend zu, und wie ein Albatros stieg der Wasservogel mit seiner kostbaren Fracht im Bauch zu neuen Abenteuern auf.

Im Flugzeug erwartete sie die Mannschaft, und drei Männer in Khakiuniform, kurzärmlig und kurzhosig, sowie eine junge Frau setzten sich zu Christian. Ohne Namen zu nennen oder konkrete Angaben zu machen, leitete einer kurz und bündig das Gespräch ein, indem er einen Laptop aufklappte und Aufnahmen von den Ereignissen der letzten Tage vorspielte.

„Das ist Ihnen ja alles bekannt", meinte er sarkastisch. „Jeder Kommentar erübrigt sich somit." An seinem knappen, etwas barschen Ton und der bestimmten Sprache erkannte man den befehlsgewohnten Offizier.

Als die Szene mit dem explodierenden Hubschrauber kam, schrie Christian kurz auf, denn er hatte für einen Moment ganz deutlich seine Mutter erkannt.

Nachdem die Filmaufzeichnungen abgespielt waren, fuhr der Offizier fort: „So sehr wir uns auch bemühten, wir konnten keine Dokumente, keine Aufzeichnungen oder Notizen, rein gar nichts finden, was uns irgendwie weitergebracht hätte. Was blieb uns also anderes übrig, als uns an die Hauptperson mit dem Superhirn zu halten? Denn im Gegensatz zu manchen anderen sind wir an Ihrem Projekt äußerst interessiert und finden es, etwas übertrieben ausgedrückt, sagen wir einmal, sehr beachtlich. Die Organisation, welche uns beauftragt hat, uns um Sie zu kümmern, vertritt vor allem die Interessen der armen, der sogenannten unterentwickelten Länder der ebenfalls sogenannten Dritten Welt, wie man es bei Ihnen zu nennen pflegt, und verständlicherweise ist für uns jede Methode spezifisch interessant, welche dazu beitragen könnte, die sozialen und ökonomischen Ungerechtigkeiten zwischen der nördlichen und südlichen Halbkugel dieses Planeten zumindest etwas auszugleichen. Dass uns sehr viel daran liegt, das dürften Sie ja bereits gemerkt haben. Wir werden Sie nun in ein Forschungszentrum unseres Rates für Entwicklung, Ausgleich und Fortschritt bringen. Dort wird Ihnen alles zur Verfügung stehen, was Sie benötigen werden, um Ihre Arbeit fortzusetzen. Das Einzige, was sich geändert hat, sind die künftigen Nutznießer." Er hielt inne.

„Wie lange werden Sie mich festhalten?" fragte Christian. Und: „Wo bringen Sie mich denn überhaupt hin? Ich meine, in welches Land?"

Diesmal antwortete nicht der bisherige Wortführer, sondern ein anderer, jüngerer der Offiziere.

„Was spielt Zeit schon für eine Rolle, wenn man Geschichte macht? Sind wir nicht alle berufen, unsere Spuren für die Ewigkeit zu hinterlassen? Alles, was Sie wissen müssen, wird Ihnen rechtzeitig gesagt werden. Sie brauchen sich um nichts den Kopf zu zerbrechen, außer Ihren Auftrag zu erfüllen und ihm ehestens nachzukommen." Er faltete die Hände und legte sie an die Stirn.

„Ein Inder oder ein Malaie, jedenfalls ein Asiate", schoss es Christian durch den Kopf. „Aber sie sind ja international organisiert." Wenigstens einen Anhaltspunkt hatte er nun doch!

Er lehnte sich zurück und sagte: „Ich möchte nun ein wenig ausruhen, wenn Sie gestatten. Die Ereignisse der letzten Tage waren mehr als anstrengend für mich und hätten selbst einen Herkules ermüdet. Sie kennen doch Herkules, den Halbgott aus der altgriechischen Mythologie?" Sie schauten ihn etwas verwundert an, nannten ihn von jetzt an, wenn es die Stimmung und Situation zuließen, jedoch „Herkules".

Ein Weilchen blickte Christian aus dem Bullauge seiner Kabine hinaus. Nichts als Ozean, so weit das Auge reichte. Nichts als Wasser. Später ließ er das Rollo herunter, legte sich auf die Pritsche und döste vor sich hin. Einschlafen konnte er aber nicht, dazu war er zu aufgewühlt. Die junge Dame, die ebenfalls uniformiert war, brachte später Kekse und Fruchtsaft und setzte sich zu ihm. „Störe ich?"

Er schüttelte den Kopf, sagte aber nichts. Sie war ungefähr in seinem Alter, eher ein wenig jünger. Ihre Haare waren blauschwarz und kurz gehalten, ihr Gesicht ebenmäßig, und die Augen leicht mandelförmig. Sie waren das Auffallendste und gleichzeitig Faszinierendste an ihr. Obwohl sie kaum miteinander sprachen, fühlten sie, dass sie sich gegenseitig verstanden und auch mochten. Christian fühlte sich auf einmal nicht mehr allein und irgendwie vertraut mit ihr, obwohl er sie doch gar nicht kannte.

„Ich heiße Ananda. Wie Sie heißen, brauchen Sie mir nicht zu sagen."

„Ich scheine ja bekannt zu sein wie ein bunter Hund", sagte Christian. Seit Langem konnte er wieder einmal lächeln. Und er war froh, dass sie da bei ihm saß.

„Wissen Sie, dass jede Minute mehr als hundert Menschen verhungern? Oder dass alle zehn Sekunden ein Kind an Unterernährung stirbt?" Er schüttelte statt einer Antwort nur den Kopf. Und so flogen sie ihrer Bestimmung entgegen. Der Mensch denkt und Gott lenkt, und wen er liebt, dem schickt er jemanden zu lieben.

… 7 …

Nach der Explosion des Hubschraubers waren alle ins Wasser gefallen. Mutter Berger jedoch war von herumgeschleuderten Metallteilen getroffen worden, und es hatte sie ziemlich übel erwischt. Sie blutete aus mehreren Wunden, und nur dem Umstand, dass einem ihrer Entführer ein ähnliches Schicksal widerfuhr, verdankte sie ihr Leben. Da die herumfliegenden Teile ihn zuerst getroffen hatten, verminderte dies die Wucht des Aufpralls bei Frau Berger.

Vater Berger und Dietmar dagegen waren recht glimpflich davongekommen. Freilich hatten auch sie Schrammen, Schnitte und Verbrennungen erlitten, aber im Großen und Ganzen waren sie in Ordnung geblieben. Sie klammerten sich an im Wasser herumtreibenden Teilen fest. Ein Suchscheinwerfer leuchtete das Durcheinander ab, und zwei Überlebende aus der Truppe der Geheimagenten machten sich daran, Verletzte und auch Tote aus dem Wasser zu fischen.

Endlich fiel Dietmar auf, dass Christian fehlte. Leise flüsterte er seine Beobachtung dem Vater zu. Der legte jedoch die Fingerspitzen an den Mund. „Pst! Nichts sagen!" Sie kümmerten sich um die verletzte Mutter, die stöhnte und wimmerte.

Die Männer begannen zu rudern. Nach mühsamen Stunden des Sich-Abplagens und der Verzweiflung tauchte ein Boot der Küstenwache auf und nahm sich ihrer an. Sie waren vorläufig alle zu sehr mit sich selbst beschäftigt, um an Christian zu denken. Man versuchte ihre Identität festzustellen, und einer der Agenten machte die Angaben.

Sie seien mit ihrem Boot von Griechenland aus unterwegs gewesen. Eine bunt zusammengewürfelte Reisegruppe, vor allem Russen, auch einige Deutsche, ein paar Schweizer und Österreicher seien sie alle ausnahmslos Touristen auf großer Fahrt. Plötzlich sei ein Sturm aufgekommen, und sie hätten die Orientierung verloren. Dann sei es in der Dunkelheit völlig unerklärlich zur Kollision mit einem auf dem Wasser treibenden Hubschrauber gekommen, der in der Folge explodierte. Der Rest sei ja bekannt. Papiere und Ähnliches, nein, das hätten sie nicht mehr, das wäre alles verloren gegangen. Man sei froh, das nackte Leben gerettet zu haben.

Man brachte sie in ein Krankenhaus, wo sie gründlich untersucht wurden, aber bis auf Frau Berger und einen der Männer war niemand ernsthaft zu Schaden gekommen. Nun erfuhren sie, dass sie in Israel gelandet waren. Man wollte ihnen behilflich sein und Kontakte zu den jeweiligen Botschaften herstellen, um möglichst rasch und ohne größere bürokratische Verwicklungen nach Hause zu gelangen sowie die dafür erforderlichen Dokumente wiederzubeschaffen. Und während sie in einem Hotel auf einen entsprechenden Anruf warteten, kamen wieder einmal die wohlbekannten Herren in dunklen Anzügen, also Agenten des Geheimdienstes, und sagten, Herr Berger und Dietmar müssten mit ins Krankenhaus zu Frau Berger kommen.

Ängstlich und erschrocken darüber, dass eine unvorhergesehene gesundheitliche Komplikation eingetreten sein könnte, stiegen sie in eine bereitstehende schwarze Limousine ein. Zu spät merkten sie, dass es nicht in Richtung Klinik ging, sondern aus der Stadt hinaus. Draußen im freien Gelände wartete bereits ein Hubschrauber mit rotierenden Blättern. Sie wurden etwas unsanft hineingeschoben. Melancholisch und apathisch ließen Vater Berger und Dietmar alles mit sich geschehen. Sich zu sträuben wäre doch sinnlos gewesen! Sie würden immer den Kürzeren ziehen! Sie hatten Christian verloren, wurden nun von der Mutter getrennt, was konnte ihnen nun noch passieren? Teilnahmslos registrierten sie alle Vorgänge um sich herum und nahmen sie dennoch nicht wirklich wahr.

Auf einem Hangar mussten sie in eine mittelgroße Maschine umsteigen, und wieder hoben sie ab und gingen in die Luft.

„Wohin geht es?", fragte Dietmar schließlich. „Und was ist mit Mama?"

„Werdet ihr alles noch früh genug erfahren", zischte einer der Männer unfreundlich. „Jedenfalls euch haben wir. Wir wollen sehen, was ihr wert seid. Vielleicht können wir euch gegen ein kleines Geheimnis eures jungen Herrn Erfinders eintauschen. Im Augenblick betrachten wir euch als unsere Geiseln und bringen euch an einen sicheren Ort."

Im kleinen unbekannten Bergdorf in den heimatlichen Alpen hatte man sich längst wieder beruhigt. Das plötzliche und geheimnisvoll-spektakuläre Verschwinden der Familie Berger war zuerst als unerklärliche, später als eben nicht zu ändernde und daher zu akzeptierende Tatsache hingenommen worden. Längst ging alles wieder seine gewohnten Gänge. Der Alltag war wieder zurückgekommen. Es hatte eben nicht sein sollen. Zuerst hatte man das Wohnhaus beschlagnahmt, behördlich von oben bis unten durchsucht und zuletzt versiegelt. Danach hatte ein Bruder von Herrn Berger vom zuständigen Gericht vorübergehend die Verfügungsgewalt über Haus und Besitz zugesprochen bekommen. Ein feierlicher Gottesdienst zum Gedenken an die geschätzten Mitbürger und die Opfer des Überfalls war der offizielle Schlussstrich.

Man ist schnell vergessen. Oma Berger wurde in einem Senioren- und Seniorinnenwohnheim untergebracht, und obwohl sie das gar nicht wollte und sich dagegen, so gut sie es vermochte, zu wehren versuchte, musste sie schließlich klein beigeben und sich fügen. Als nach mehreren Monaten ein Anruf des Internationalen Komitees vom Roten Kreuz beim Bürgermeister einging, welcher die Rückkehr einer gewissen Frau Mathilde Berger ankündigte, wurde alles Nötige veranlasst, um Aufsehen und das Heraufbeschwören unliebsamer Erinnerungen zu vermeiden. Mit einem Rettungswagen der Ortsstelle, den man in die Hauptstadt entsandt hatte, traf Frau Berger ein. Der Herr Pfarrer, der Bürgermeister und ein paar Angehörige des Gemeinderates sowie die Frauen vom Sozialsprengel hatten sich vor ihrem Haus versammelt, um sie zu begrüßen und willkommen zu heißen. Ein paar freundliche Worte, ein bescheidener Blumenstrauß für die ergraute, verhärmte und schweigsame Frau im Rollstuhl, und alles war wie gehabt. Sie zog in ihr Haus ein und holte Oma Berger aus der Seniorinnenresidenz zu sich. Die Welt schien soweit wieder in Ordnung zu sein.

Frau Berger konnte es nicht verstehen, dass kaum jemand – eigentlich niemand – von ihrem Mann und ihren Söhnen sprach, niemand Fragen stellte oder auch etwas unternehmen wollte, um nach ihnen zu suchen. Der Bürgermeister hatte gleich abgewinkt, als sie ihn darauf ansprach. „Höhere Gewalt", hatte er gemeint, da könne man nichts machen. Und der Pfarrer sprach von „Gottes unerforschlichem Ratschluss" und von „Gottvertrauen".

Mit ihrer Mutter führte Frau Berger fortan ein zurückgezogenes Leben in Abgeschiedenheit. Manche munkelten, die Erlebnisse, der Verlust und der Schmerz hätten ihrem Verstand ziemlich zugesetzt und geschadet. Weitgehend mied sie Gesellschaft, besuchte die Gottesdienste und erledigte Einkäufe, sonst nahm sie eigentlich kaum einen nennenswerten Anteil am Geschehen im Dorf in den Bergen und lebte ziemlich unbeachtet von der Öffentlichkeit.

Wieder vergingen ein paar Monate, und eines Tages kehrte auch Herr Berger zurück. Weniger sensationell, weniger überraschend, aber schon selbstverständlicher. Die Vereine, deren Mitglied er war, veranstalteten einen Fackelumzug zu seiner Begrüßung. Nach ein paar Tagen ging er wieder in die Zweigstelle der Bank und nahm seine beruflichen Verpflichtungen auf. Er führte zudem viele Telefonate mit Ämtern und Behörden, kontaktierte einige Politiker, verfasste zahlreiche Petitionen und öffentliche Briefe, die zur Hilfe bei der Suche nach seinen Söhnen aufriefen. Die Bank, in welcher er beschäftigt war, eröffnete ein Spendenkonto „Gebrüder Berger", und ab und zu gingen Beträge darauf ein.

Man hatte Herrn Berger einfach irgendwo in Sibirien, wo sich sein Sohn Dietmar vielleicht noch aufhalten mochte, in ein Flugzeug gesetzt und gesagt, er bräuchte nur in Wien auszusteigen und zusehen, dass er bald heimkäme. Dorthin wäre es ja vom Flughafen nicht mehr allzu weit. Man hatte ihm dafür etwas Geld zugesteckt.

Soweit wäre also alles wieder geregelt gewesen. Nur eben Dietmar und Christian waren und blieben verschollen. Aber es gibt viele Familien, die ein Schicksal zu ertragen haben, wer weiß, vielleicht sogar ein noch schwereres. Menschsein bedeutet, anpassungsfähig sein zu müssen. Manchmal kamen Journalisten und auch Geheimdienstleute, um sie auszufragen, vielleicht in Erwartung einer zumindest kleinen Sensation, mussten aber immer wieder wegen der unbefriedigend ausfallenden und eigentlich nichtssagenden Antworten und Erklärungen, Schilderungen und Informationen unzufrieden, ergebnislos und enttäuscht abziehen.

8

Ein Mensch kann nur so viel Liebe geben, wie er selbst erfährt. Ein Großteil der Probleme im menschlichen Zusammenleben beruht auf dieser leider viel zu wenig bekannten und häufig unbeachteten Formel.

Sie flogen ohne besondere Vorkommnisse dahin. In die Stille hinein fragte Ananda: „Kannst du, o, pardon, können Sie Fallschirm springen?"

„Ich habe es noch nie gemacht", antwortete Christian. Er löste sich aus seiner Versonnenheit. „Warum? Ist das notwendig?"

„Ich bin nicht befugt, darüber zu sprechen", lautete ihre Antwort. Sie schaute auf die Uhr. „Aber es wird bald Zeit sein." Sie blickte sich fragend zu den Männern um, die sich gerade besprachen. Ein grünes Lämpchen am Eingang zur Pilotenkanzel begann aufzuleuchten. Der Mannschaftskommandant griff zum Fernsprechhörer und nickte zustimmend. Dann erhob er sich und kam zu Christian.

„Ja, mein Bester, wir müssen Ihnen nun eine sportliche Leistung abverlangen. Aus Geheimhaltungs- und Sicherheitsgründen, die Sie nicht weiter zu tangieren brauchen, können wir nämlich nicht runtergehen und landen. Die zivilen Verwaltungsbehörden sind nämlich nicht eingeweiht. Daher bleibt es uns nur, abzuspringen. Haben Sie Erfahrung damit?"

„Wie ein Elefant mit dem Fliegen", erwiderte Christian halb scherzend und trocken, doch es wurde ihm etwas mulmig bei der ganzen Sache.

„Nun, ich hoffe, ach was, ich bin mir sicher, Sie werden das auch schaffen. Meine Leute werden Sie nun mit den erforderlichen Grundkenntnissen vertraut machen. In Wirklichkeit gibt es nur drei Grundregeln, die Sie zu beachten haben, und zwar erstens: furchtlos abspringen und das Ziel nicht aus den Augen lassen; zweitens: nicht vergessen, die Reißleine zu ziehen, damit sich der Schirm früh genug öffnet; und drittens: darauf achten, mit den Beinen aufzukommen und nirgends hängenzubleiben oder sich zu verheddern. Niemand fragt, ob Sie volle Hosen dabei bekommen." Er lachte etwas überlegen und von oben herab. „Also, los, an die Arbeit!"

Die anderen brachten die Flugschirme und Sturzhelme. Geduldig erklärten sie Christian, wie alles funktioniert, und halfen ihm beim Anziehen. Er war aufgeregt und spürte ein sehr flaues, eigenartiges Gefühl in der Magengegend. Er musste mehrmals die Toilette aufsuchen, und die anderen schmunzelten darüber.

Dann waren sie so weit. Sie lotsten Christian ins Cockpit, und ehrfürchtig bewunderte er die zahlreichen Instrumente, Schalter, Hebel und Knöpfe sowie die herrliche Aussicht und bestaunte die Arbeit der hier tätigen Menschen. Sie schüttelten ihm die Hand und zwinkerten ihm aufmunternd zu. Anschließend führten sie ihn ans Ende der Maschine, wo sich die Absprungluke befand. Unerwartet und plötzlich öffnete sie sich, und vor ihnen tat sich ein Ausschnitt gähnender Leere auf. Unwillkürlich machte Christian einen Schritt zurück und streifte dabei Ananda. Sie lächelte mutig und streckte den Daumen ihrer behandschuhten rechten Hand nach oben.

Das Flugzeug umkreiste großflächig ein bestimmtes Gebiet und ging etwas tiefer. Der Kommandant deutete auf eine sich abzeichnende Lichtung. „Diesen Punkt anzielen!", brüllte er, „und achten Sie auf die Signale, welche wir Ihnen geben!"

Dann sprangen sie der Reihe nach hinaus ins Nichts. Als es für Christian so weit war, hakten sich links und rechts je ein Mann bei ihm ein, und schwuppdiwupp, jetzt waren sie draußen und sanken! Kalter Luftstrom schlug ihm ins Gesicht. Im freien Fall bewegten sie sich abwärts und drehten sich dabei, manchmal sogar um die eigene Achse. Christian wagte nicht, nach unten zu blicken, er war sogar versucht, seine Augen zu schließen. Schließlich betätigten seine beiden Co-Springer ihre Reißleinen, bedeuteten ihm, dasselbe zu tun, und ließen ihn los. Auch sein Schirm öffnete sich, und nach einem kurzen Ruck, der ihn zuerst ein wenig wieder nach oben zog, sank er gemächlich Mutter Erde entgegen. Aus den Augenwinkeln nahm er wahr, dass Ananda ihm zuwinkte. Der Boden kam viel zu schnell näher, und ein bisschen hart setzte er auf.

„Verdammt gut fürs erste Mal!" zollte ihm der Kommandant Bewunderung. Sie rollten ihre Fluggeräte zusammen und warteten im umliegenden Dickicht. Es wurde beinahe unerträglich heiß und schwül, der Schweiß rann in Strömen aus ihren Poren und durchnässte sie. Die Luftfeuchtigkeit musste ziemlich hoch sein. Schrilles Gezirpe und fremdartige Geräusche erfüllten die Luft.

Endlich kamen einige Geländewagen, sie abzuholen und an ihren Bestimmungsort zu transportieren. Christian war recht stolz auf sich, trotz der Misslichkeit seiner Lage begann er langsam, irgendwie sogar Gefallen daran zu finden. Dinge, die für ihn sonst unerreichbar geblieben wären, wurden nun gewissermaßen zu seinem Alltag. Immer weniger fand er Zeit und auch das Bedürfnis, an die Seinen zu denken oder gar Trauer aufkommen zu lassen. Nicht von ungefähr behaupten Sprichwörter, der Mensch sei ein Gewohnheitstier und die Zeit würde alle Wunden heilen. Man vergisst schnell und leicht, und ebenso rasch und vorbehaltslos wird man vergessen. Und es ist ein heilsamer Mechanismus, der das Vergessenkönnen überhaupt erst ermöglicht, denn die schwache menschliche Seele würde sonst an vielen ihrer

Regungen einfach zerbrechen. So erhält sie wenigstens eine gewisse Stabilität.

Vorerst bekam Christian von seinem neuen Aufenthaltsort nicht allzu viel zu sehen. Gebäude aus Beton, Palmen, Kakteen und Grasflächen, asphaltierte Straßen und Wege, ein übermannshoher Zaun, Schranken, uniformierte und bewaffnete Bewacher, Sicherheitskontrollen, einschränkende Vorschriften und ringsum undurchdringlicher, geheimnisvoller Dschungel. Vögel quietschten, Affen plärrten, unsichtbares Getier grunzte und lärmte. Das waren seine Eindrücke. Die Umgebung war irgendwie steril. Alles vollautomatisch und hoch technisiert.

Ananda wurde, und das war für ihn mehr als erfreulich, zu seiner persönlichen Betreuung abgestellt. Vorläufig sollte er sich nur akklimatisieren, und ein großzügiges wie abwechslungsreiches Freizeitangebot stand zur Verfügung. So vergingen die ersten Tage mit Tennis, Reiten, Schwimmen, Judo, Karate, Kung-Fu und anderen Kampfsportarten, Tai-Chi und Qigong, Yoga und Ähnlichem. Ananda kümmerte sich hingebungsvoll um ihn und war bestrebt, ihm jeden Wunsch von den Augen abzulesen, sodass es ihm wirklich an nichts mangelte. Es standen ihm Bücher und Fachzeitschriften zur Verfügung, und in einem Labor fand er einige Geräte, mit welchen er hantieren und Experimente anstellen konnte.

Die vielen Kontakte und die häufigen Anlässe des Zusammenseins brachten es mit sich, dass Ananda und er sich auch menschlich zusehends näherkamen, und bald war es ihm, als ob er sie schon immer gekannt hätte. Sie war der einzige nichtfremde und damit ruhende Pol für ihn, der er doch in Wahrheit nichts anderes als ein Gefangener war, und es gab ihm Kraft, zu wissen, dass da jemand da war, der sich nicht nur für ihn als Konstrukteur und Erfinder, sondern für ihn als Mensch interessierte und einsetzte, wenn es das brauchte.

Sie spazierten miteinander durch die Gärten und Parkanlagen des Areals, und Ananda erzählte ihm von ihrer Arbeit, von ihren Idealen, Beweggründen und Zielen, sagte ihm, wie die Blumen hießen, was für ein Schmetterling das war, der gerade vorbeischaukelte, welche Vögel ihre Lieder erklingen ließen, wie ihre Landsleute leben, berichtete von der stolzen Geschichte ihres Landes und seiner Bewohner, deren Stolz und Selbstbewusstsein nach langen Jahren der Unterdrückung und Ausbeutung langsam wieder erwachten und zurückkehrten, von ihrer Ausbildung – und sehr wenig von ihrer Herkunft und Familie.

Einmal wollte Christian wissen: „Wie kommt ein Mädchen wie du überhaupt zu solchen Kerlen?"

Sie dachte eine Weile nach und sagte dann ernst: „Ich stamme aus einer der ältesten Familien meines Landes. Meine Ahnen waren Fürsten und Könige. Ich bin eine Kshatrya, eine Angehörige der Kriegerkaste. Mein Vater wollte immer einen Sohn. Aber dann kam eben ich. Und ich blieb das einzige Kind. Ich wurde dazu erzogen, meine Pflicht zu erkennen, anzunehmen und zu erfüllen. Ich werde nicht mehr lange beim Rat tätig sein, denn mein Vertrag endet demnächst. Dann möchte ich vielleicht heimkehren, um zu studieren. Das hatte ich auch schon früher vor."

Es kam ihm wieder zu Bewusstsein, dass sein Leben nun doch anders verlief, als er eigentlich erwartet und geplant hatte. Solche Gespräche öffneten die Tiefen ihrer Seelen voreinander, und ein zartes Band zunehmender Vertrautheit umfing sie, und eine schüchterne, keusche Innigkeit füreinander erwachte.

Schließlich kam aber dann doch der Tag, an welchem Christian mit dem beginnen sollte, weshalb er hierhergebracht worden war. Im Forschungszentrum war eine Abteilung für Energiefragen untergebracht, wo viele Wissenschaftler und Wissenschaftlerinnen sowie Techniker und

Technikerinnen aus verschiedenen Staaten, sogenannten Entwicklungsländern, an ihren Projekten zur Lösung der Rohstoff- und Energieprobleme ihrer Länder arbeiteten.

Der Vorstand führte Christian in ein Labor, eigentlich handelte es sich dabei um eine Werkstätte, die höchst modern ausgestattet war, und darin stand zu seiner Überraschung die Zweitausgabe des Autos der Familie Berger. „Wir wissen, dass alle Ihre Unterlagen verloren gegangen sind, dass Ihr Auto zerstört wurde und dass Sie nichts weiter zur Verfügung haben als Ihr Gehirn. Aber erstens ist das nicht wenig, und zweitens brauchen Sie nicht am Punkt null zu beginnen, denn es stehen Ihnen alle Möglichkeiten und der gesamte Mitarbeiter- und Mitarbeiterinnenstab zur Verfügung. Sie sind nur mir allein unterstellt, und über Ihre Hostess können Sie jederzeit mit mir in Verbindung treten. Also, nun viel Erfolg und gute Fortschritte, und je eher Sie Resultate bringen, umso größer sind die Chancen für eine baldige Rückkehr. Das ist aber lediglich ein Angebot."

Und von da an verbrachte Christian die meiste Zeit damit, in Erinnerungen zu wühlen und herumzuprobieren. Doch trotz der sicherlich optimalen Möglichkeiten kam er kaum zu Ergebnissen. Man ließ ihm Zeit und drängte ihn nicht, aber man beobachtete sein Tun sehr genau. Man konnte es mit der Zeit nicht recht begreifen, dass er noch nicht erfolgreicher war und nicht an seine früheren Erfindungen anschließen konnte. Sabotierte er sie etwa? Man wurde misstrauisch. Seine bis dato großen Freiheiten wurden allmählich schrittweise eingeschränkt. Das hieß weniger Freizeit, weniger Ablenkung, weniger Sport, weniger Muße, weniger Zeit mit Ananda. Dabei strengte er sich an, so gut er es vermochte, und gab sein Bestes, jedoch wollte und wollte es ihm nicht gelingen, an die vorigen Ergebnisse anzudocken.

Eines Abends sagte Ananda, als sie ihm das Abendessen brachte: „Ich werde dich verlassen müssen. Man zieht

mich ab. Und dich wollen sie nun auch härter anpacken."
Sie schaute ihn traurig und verlegen an, und Tränen standen in ihren schönen Augen.

Christian griff sich an den Kopf. „Ich weiß ja nicht, was los ist, aber ich bin blockiert. Es ist wie verhext, und ich möchte die Lösung ja finden! Ich weiß, ich bin nahe daran, und doch geht es nicht."

Wohlweislich verschwieg er, dass die Ölfeuerungsanlage zu Hause noch die Umrüstung aufwies. Er konnte ja nicht wissen, dass sein Vater bald nach seiner Rückkehr alles herausreißen und eine gewöhnliche Heizung auf elektrischer Basis installieren lassen hatte, um ein für allemal die Affäre zu bereinigen und mit der ganzen Angelegenheit, die sich für die Familie bisher nur als ungut erwiesen hatte, nichts mehr zu tun zu haben.

~ 9 ~

An ihrem letzten gemeinsamen Abend saßen Ananda und Christian nach dem Abendessen im Salon seines Appartements. Auf einmal umarmte und küsste sie ihn schüchtern und sagte ganz leise: „Wir müssen versuchen zu fliehen, Christian, ich gehe mit dir. Ich habe schon Vorbereitungen getroffen. Ich kann es nicht ertragen, von dir getrennt zu werden. Wir werden ganz auf uns allein gestellt sein. Niemand wird uns beistehen, alle werden unsere Gegner sein. Aber wenn du dazu bereit bist, bin ich es auch."

Er sagte nur ganz einfach: „Ja, ich halte es hier auch nicht mehr aus", und dann weihte sie ihn in ihren Plan ein. Zum Zentrum gehörte auch ein kleiner Hangar, wo einige Sportmaschinen für die höheren Chargen und Dienstgrade startklar bereitstanden. Dorthin würden sie in der in diesen geografischen Zonen schier plötzlich hereinbrechenden Dämmerung wie zufällig gehen und dann eines dieser Flugzeuge in Betrieb setzen und so die Flucht versuchen. Ananda würde die Maschine steuern, das Fliegenlernen hatte zu ihrer Spezialausbildung gehört.

Sie nahmen noch eine stärkende Mahlzeit zu sich und zogen ihr Abendmahl in die Länge, packten ein paar Lebensmittel und wärmende Kleidungsstücke in einen Rucksack, und als es so weit war, führten sie ihre Absichten aus. Es verlief alles ziemlich genau so wie geplant, niemand beachtete sie, man ahnte ja auch nichts von ihrem Vorhaben, und als sie in niedriger Flughöhe ohne Lichter dahinbrausten, kamen sie den Baumwipfeln gefährlich nahe. Man schoss ihnen nach, und einige andere Luftfahrzeuge nahmen die Verfolgung auf, aber Ananda hatte oft genug geübt, wie man lästige Verfolger abschüttelt. Um der Flugüberwachung zu entgehen, behielten sie die niedrige Flughöhe bei.

„Wohin fliegen wir?" fragte Christian.

„Nordwärts haben wir die besten Chancen, durchzukommen", antwortete Ananda.

Unter ihnen wechselten Siedlungen mit Einöden, Flüsse mit Dörfern, Wälder mit Schlössern und Tempelanlagen, aber in der Dunkelheit war es nur undeutlich auszumachen. Ananda schaltete die automatische Steuerung ein. Christian saß neben ihr auf dem zweiten Vordersitz. Er ergriff ihre Hand.

„Danke, Ananda", flüsterte er. „Ich stehe tief in deiner Schuld."

„Nicht reden", gab sie zurück. „Man darf das Glück nicht mit Worten vertreiben." Und sie lächelte ihn an.

~ 10 ~

Dietmar Berger war seit der Entlassung seines Vaters fast pausenlos verhört worden. Aber da er nichts wusste – was im Laufe der Befragungen deutlich zutage trat –, konnte er auch keine Angaben machen. Längst schon war auch für ihn der Reiz des Abenteuers erloschen, und er sehnte sich in die vertraute Umgebung seines Heimatdorfes und zu seiner Familie zurück. Freilich sah er die Welt jetzt mit anderen Augen. Aus der Ferne sieht vieles ganz anders aus als aus der Nähe. Oft trügt der Schein. Auch die, die ihn festhielten, sahen allmählich ein, dass er für sie völlig nutzlos war. Sollten sie ihn einfach verschwinden lassen oder zurückschicken?

Man entschied sich für den zweiten Weg. Und so kam es, dass eines Tages auch der jüngere Sohn der Familie Berger in das stille Bergdorf heimkehrte. Er hatte viel zu berichten, und auch seine Geschichte könnte viele Seiten füllen, vielleicht wird sie einmal aufgeschrieben.

Dann begann auch für ihn wieder das sogenannte normale Leben, welches für ihn hauptsächlich im Schulbesuch bestand. Eine Lehre hatte er aus allem gezogen, und zwar die, dass der Einzelne im Spiel der Mächtigen ein winziges, unbedeutendes Element darstellt, und dass man sich jeden Tag seines Lebens erfreuen sollte, so gut man dazu imstande ist. Und jedem, der es hören wollte oder ihn danach fragte, erzählte er, dass er die Laufbahn eines Piloten einschlagen werde. Er gedenke später für internationale Organisationen zu arbeiten, und dann gab er einige seiner vielen, manchmal unglaubwürdigen Erlebnisse zum Besten. Niemand zweifelte daran, dass er seinen Weg machen würde. Er selbst am allerwenigsten.

~ 11 ~

Die Landschaft war gebirgig geworden. Sie mussten steigen und Höhe zulegen.

„Wir haben noch für gute drei Stunden Treibstoff", bemerkte Ananda und deutete auf den Anzeiger.

„Was schlägst du vor?", wollte Christian wissen.

„Hinauf in die Berge, und von dort oben irgendwo unbemerkt herunter", war ihre Antwort. „Dann werden wir ja weitersehen."

Der Motor tuckerte, und Ananda stellte vom Autopiloten auf händische Steuerung um. Die Gegend unter ihnen wurde kahl und felsig. Riesige Schluchten und Abgründe taten sich vor ihnen auf. Dahinter kam jedoch immer wieder ein neuer Berg. Weit und breit war keine Siedlung zu sehen. Sie näherten sich der Gletscherregion. Nur Eis und Schnee und Gestein, so weit das Auge reichte. Die „Wohnung der Götter". Nicht von ungefähr wurde dieser Gebirgszug so genannt, denn es traf wirklich auf ihn zu. Majestätisch und imposant ragten die Gipfel sieben- und achttausend Meter über den Meeresspiegel.

Ananda hielt sich dicht im Schutz der Ostseite, so gut es das Gelände eben erlaubte. Nebel fiel ein, und leichtes Schneegestöber zog auf.

„Es wird kalt sein", meinte sie und machte ihn auf den Wetterumsturz aufmerksam.

Sie zogen alle Kleidungsstücke an, die sie dabeihatten, und Christian suchte sonst noch allerhand nützliche Gegenstände zusammen, die er finden konnte, und von denen er glaubte, sie könnten ihnen noch dienlich sein.

Ananda ging tiefer.

„Ich suche nun einen geeigneten Landeplatz. Halte du auch nach einem Ausschau! Schnalle dich nun fest an und mache dich auf ein unsanftes Aufsetzen gefasst. Hoffentlich überschlagen wir uns nicht. Explosionsgefahr besteht jedenfalls kaum, denn der Sprit ist ziemlich verbraucht."

Sie drosselte die Geschwindigkeit, ließ steil abfallen und zog dann durch. Eine Tragfläche streifte kurz den Boden, und die Maschine wurde etwas herumgerissen. Einen Moment sah es sehr gefährlich und danach aus, als würde sie abrutschen. Aber plötzlich standen sie ruckartig.

Einen Atemzug lang sagten sie nichts. Dann seufzte Christian erleichtert auf.

„Du bist wirklich ein Teufelsmädchen!", rief er begeistert aus. „Was für Überraschungen wirst du wohl noch für mich auf Lager haben?"

Ananda nahm sein Kompliment lächelnd zur Kenntnis und mahnte zur Eile. „Wir sind nicht für ein langes Biwak in dieser Höhe ausgerüstet. Also los, sehen wir zu, dass wir wieder unter Menschen kommen!"

„Zu Befehl, Frau Generalfeldmarschallin!" Christian salutierte, strich noch einmal mit der Hand über das Flugzeug, welches sie sicher hierhergebracht hatte, als wollte er sich bei ihm bedanken, und schnallte sich das Gepäcksbündel um. Hintereinander stapften sie durch den Schnee und über das Geröll. Ananda spurte, er marschierte hinten nach und trat nach Möglichkeit in ihre Fußstapfen.

„Bei uns gibt es auch Berge und Gletscher", erzählte Christian, „und wenn wir eines Tages dort sein und eine Tour machen werden, gehe ich voran und spiele den Bergführer. Schon wegen dem Gipfelsiegkuss", fügte er noch hinzu. „Weißt du, ich bin ein Kavalier der alten Schule, ein Gentleman, und ich halte mich an das Motto: Ladies first."

„Ich weiß, du bist ein emanzipierter Mann", stichelte sie zurück. Trotz des kräfteraubenden und anstrengenden Abstiegs machte es ihnen Spaß, und derart blödelnd und schäkernd kamen sie zügig voran. Ab und zu rasteten sie oder stärkten sich, indem sie aus ihrem mitgebrachten Proviant einen Imbiss zu sich nahmen. So ging es wieder dem Abend zu.

„Wir werden uns nach einem geeigneten und halbwegs sicheren Nachtquartier umsehen müssen", mahnte Christian.

„Lass uns noch gehen, so lange man noch etwas sieht", bat Ananda. Also stiegen sie weiter zwischen Geröll, Eiswüsten und Gletscherspalten talwärts.

Auf einmal sahen sie eine Felsenhöhle, und davor saß im Lotussitz ein ehrwürdig aussehender rüstiger älterer Mann mit langen, schlohweißen Haaren und meditierte. Sie näherten sich ihm zurückhaltend, er jedoch schien sie nicht wahrzunehmen. Seine Augen schauten eine andere Wirklichkeit. Für sie bedeutete er jedoch die Aussicht, Unterkunft zu bekommen.

„Lass ihn sein und störe ihn nicht", mahnte Ananda. „Er wird bald zurückkehren. Jetzt aber spricht seine Seele mit den Geistern und Ahnen."

Christian konnte es nicht fassen, dass der Yogi bei diesen Temperaturen nicht erfror, denn er war mit nichts außer mit einem orange-weißen Baumwolltuch bekleidet, das er sich um den Körper gewickelt hatte.

„Er beherrscht seinen Körper vollkommen, wie man es bei den Gurus und Lamas oder in den Klöstern in den Bergen in hartem Training erlernen kann", erklärte sie ihm.

„Ich habe davon gehört, aber es ist dennoch kaum zu glauben, wenn man es mit eigenen Augen sieht." Christian zog fröstelnd die Schultern hoch. Beide setzten sich auf einen Stein und beobachteten den heiligen Mann.

Hinter einer mächtigen Bergkuppe versank gerade die Sonne. Da schlug der Guru die Augen auf.

„Mein Geist hat euch geführt, seid willkommen, Fremdlinge." Schwungvoll erhob er sich trotz seines Alters mit einem Ruck und machte eine einladende Geste zum Höhleneingang hin. Er ging voraus, und sie folgten ihm. Drinnen flackerte ein wärmendes Feuer. „Mein Heim sei das eure, mein Brot sei das eure, mein Herz schenke ich euch, wir sind alle Kinder des einen großen Vaters." Er legte seine gefalteten Hände an Stirne, Mund und Brust und schüttete dann heiße Brühe für sie in irdene Schälchen. Nachdem er den ersten Schluck genommen hatte, tranken auch sie, aber hastiger. Langsam kehrten Kraft und Wohligkeit in ihre Glieder zurück.

„Euer Weg zu den Menschen ist ein weiter", sagte der Einsiedler. „Legt euch zur Ruhe und lasst eure Seelen wandern." Er nahm wieder seine Meditationshaltung ein, rezitierte mit tiefer, voller Stimme ein paar Mantras, fiel bald in Trance und versenkte sich in seine innere Welt. So blieb er die ganze Nacht, während sie den Schlaf der Gerechten schliefen.

Am nächsten Morgen bei Tagesanbruch erwachten sie erfrischt und gestärkt. Beim Feuer saß der Mann und kochte Tee. Wortlos reichte er ihnen Schalen. Sie tranken schweigend. Dann wies er ihnen den Weg hinab ins Tal und erklärte ihnen, wo und wie sie am besten gehen sollten. Zum Abschied gab er ihnen eine weiße Baumwollschnur mit seinem Zeichen. Das würde ihnen bei den Mönchen seines Klosters beziehungsweise der Gemeinschaft, welcher er früher angehört hatte, bevor er hinauf ins Gebirge gezogen und zum Einsiedler geworden war, jederzeit Hilfe und Unterstützung sicherstellen. Er beschrieb daher noch die Lage der Klosteranlage, und nachdem er ihnen segnend die Hände aufgelegt hatte und sie sich bedankt hatten, bedeutete er ihnen, dass der Zeitpunkt zum Aufbruch und Abschied gekommen wäre. Jeden Dank und jedes Geschenk hatte er abgelehnt. Alles, was er brauchte, bot ihm die ungastliche Felsen- und Steinwüste. Bedürfnis- und anspruchslos lebte er seinen Betrachtungen und Versenkungen und bereitete sich so auf das nächste Leben vor.

Also küssten sie ihm ehrfürchtig die Hand, verneigten sich und winkten zum Lebewohl. Dann verließen sie ihn und brachen zum Abstieg auf. Geröll, Schutthalden, Felsbrocken, Steine, ab und zu ein klares Gebirgswässerchen und Schneefelder, unterbrochen von wenigen grünen Streifen mit spärlichem Bewuchs – sonst bot sich dem Auge nichts. Sie konzentrierten sich auf den Weg, den sie selbst ausfindig zu machen hatten, daher redeten sie nicht viel miteinander. Ohne sich abgesprochen zu haben, ging jetzt Christian voran, Ananda folgte ihm. Ab und zu blieben sie stehen und schauten zurück, doch bald schon entschwand die Höhle des heiligen Mannes ihrem Blickfeld. Die Sonne zauberte ein herrliches Farbenspiel ans Firmament, und sie blieben einen Augenblick stehen, um den Anblick zu genießen. Ein breites Band in Goldorange säumte den Horizont.

„Jetzt ist die Stunde der Wiedergeburt einer großen Seele", flüsterte Ananda andächtig.

Sie stiegen weiter ab. Ab und zu machten sie halt und legten eine Rast ein, um auszuruhen oder etwas zu sich zu nehmen. Als der Abend nahte, sahen sie sich nach einem geeigneten Lagerplatz um, wo sie ihr Biwak aufschlagen konnten. Christian entzündete am Spirituskocher ein Feuer, während Ananda das Feldgeschirr mit Schnee füllte und es dann auf die Flamme stellte, bis das Wasser kochte. Sie bereitete ein karges Nachtmahl, bestehend aus trockenem Zwieback und Pfefferminztee.

Mittlerweile war es beinahe vollständig dunkel geworden. Ein kühler Wind pfiff durch das Gebirgstal. Sie krochen in ihre Schlafsäcke und verschlossen den Zelteingang. Schlafend verbrachten sie die Nacht.

Am darauffolgenden Tag ging es weiter talwärts, und auch der nächste Tag verlief in entsprechender Weise. Erst am vierten Tag wurden die Hänge grün, und die Matten waren mit Moos, Flechten, Gräsern und kleinen Blumen bewachsen, welche der Witterung standhielten. Sie begegneten den ersten einheimischen Menschen, und bis zu diesem Zeitpunkt war es ihnen wie eine Ewigkeit vorgekommen.

Ananda erfragte den Weg zum Kloster in einer Sprache, die Christian noch nie gehört hatte, und welche ihm sehr fremd und exotisch vorkam. Die Leute trugen durchwegs pelzverbrämte Wollkleider und hüllten sich in warme Tücher und sahen mongolisch aus. Sie gaben bereitwillig und freundlich, aber zurückhaltend Auskunft.

Um zum Kloster zu gelangen, mussten sie noch einmal länger als einen halben Tag im Gebirge herumsteigen. Unterwegs tauschten sie eine Taschenlampe gegen Nahrungsmittel ein. Andere Wertgegenstände oder gar Geld besaßen sie ja nicht. Sie hatten weder Ausweispapiere noch andere Dokumente bei sich, und während sie lagerten und sich stärkten, besprachen sie ihre Situation. Zum ersten Mal wurde ihnen so richtig bewusst, wie ausweglos ihre Lage eigentlich war, und dass sie gar keine besonderen Möglichkeiten hatten, diese rasch oder nachhaltig zu verbessern. Nur das Siegel des Sadhu in Form der weißen Baumwollschnur mit den rätselhaften Knoten darin versprach Hoffnung auf Unterstützung und auf einen weiterführenden Weg.

~ 12 ~

An den Reaktionen der Bevölkerung, mit welcher sie einige spärliche Kontakte gepflogen hatten, konnten sie deutlich die verschlossene, zurückhaltende Haltung erkennen, die ihnen entgegengebracht wurde. Und das war ja eigentlich wirklich nicht verwunderlich, denn sowohl ihr Aussehen als auch ihre Ausrüstung markierten sie überdeutlich als Fremdlinge. Es blieb ihnen wirklich nichts anderes übrig, als im Kloster Zuflucht zu suchen. Was aber, wenn sie dort abgewiesen wurden? Sie wussten darauf keine Antwort. Sie waren Flüchtlinge, die eigentlich nicht wussten, wohin.

Etwas resigniert marschierten sie weiter, als sie plötzlich des Klosterbaues ansichtig wurden, der vor ihnen vergleichbar einem Adlerhorst auftauchte. Wie eine Festung ragte er vor ihnen auf, unbezwingbar und beherrschend auf eine Anhöhe gestellt, ein Vermittler zwischen Erde und Himmel. Zuversicht und Schutz gingen von dem burgähnlichen Bauwerk aus. Mochte Gott oder mochten die Götter von der Welt weit entfernt sein, mochte die Unvernunft des Menschengeschlechts auf den Thronen sitzen und die Weisheit in Ketten liegen, mochte die Grausamkeit regieren und die Mildtätigkeit darniederliegen – es gab Orte, an denen ein Ausgleich zumindest möglich schien. Dieser hier war so einer.

Die Bangigkeit fiel von ihren Herzen ab, und entschlossen schlugen sie auf den Gong am großen Tor. Ein dumpfer Ton ertönte und hallte von den Mauern und umliegenden Bergen wider. Fast geräuschlos öffnete sich ein Flügel der Pforte, und ein junger Mönch mit glatt rasiertem Kopf, in die unverkennbare orangefarbene Kutte gekleidet, öffnete.

Ananda faltete die Hände und legte sie an die Stirn. Nachdem der Mönch den Gruß auf dieselbe Art erwidert hatte, führte er sie in den Innenhof, wo eine Schar Novizen gerade bei der Arbeit und beim Studium war.

Der Novizenmeister begrüßte sie wiederum mit dem bereits vertrauten Zeremoniell. Ananda trug ihr Anliegen vor und zeigte ihm das Amulett des heiligen Mannes aus den Bergen. Da verneigte sich der Lehrmeister der jungen Mönche und bat sie, ihm zu folgen. Durch viele lange, schmale Gänge ging er ihnen voran, vorbei an vielen Abbildungen und Figuren des Erhabenen und Erleuchteten. Bei jeder verneigte er sich ehrerbietig und zündete ein Räucherstäbchen an. Sie taten es ihm gleich, und obwohl sich in Christian anfänglich etwas dagegen sträubte, überwand er sich und folgte Ananda. Andere Mönche, junge Männer, Jünglinge und Knaben, saßen mit gekreuzten Beinen am Boden und rezitierten aus heiligen Rollen, die ausgebreitet vor ihnen lagen, oder sangen einen eigentümlichen Singsang.

Eine geheimnisvolle, unbekannte Welt tat sich vor ihnen auf. Kerzenschein erhellte die weiten Hallen und Korridore. Die Abbilder des Erleuchteten wurden größer und kostbarer. Sie waren größtteils aus reinem Silber und purem Gold und mit zahllosen Edelsteinen versehen. Weihrauchduft erfüllte die Räume. Und immer neue Gänge führten tiefer in das verborgene Zentrum des Heiligtums, und immer neuen Führern und Begleitern wurden sie weitergereicht. An den Rangzeichen, das sind die verschiedenfarbigen und unterschiedlich breiten Säume der Kutten, konnten sie erkennen, dass sie jeweils höherrangigen Mitgliedern der Bruderschaft vorgestellt wurden, bis sie schließlich dem Oberhaupt der Gemeinschaft gegenüberstanden.

Nach dem obligatorischen Gruß und der dazugehörigen Verbeugung als Zeichen der Ehrerbietung wurden sie lange schweigend gemustert. Sie standen vor dem sitzenden Bonzen, dem Abt, und dennoch kamen sie sich irgendwie klein und winzig vor. Obwohl bisher noch kein einziges Wort gefallen war, empfanden sie intuitiv, dass es eine strenge Prüfung war, der sie da unterzogen wurden.

Endlich, nach langem, nervös machendem Schweigen wurden sie eingeladen, ebenfalls Platz zu nehmen. Zu ihrer Bequemlichkeit wurden ihnen Kissen gereicht, welche sie sich unterschoben.

„Unser Bruder schickt euch also zu uns", sagte der Abt. „Seid herzlich willkommen!" Ein danebenstehender Mönch übersetzte. Ananda übernahm das Sprechen, brachte zum Ausdruck, dass sie der Landessprache mächtig war, und bejahte. Der Abt befragte sie über ihre Herkunft, den Reiseweg, ihre Motive, dieses verschlossene und unzugängliche Land aufzusuchen, und über ihre Absichten und Vorhaben für die Zukunft. Wahrheitsgetreu gaben sie Auskunft und gestanden ein, ziemlich hilflos dazustehen, und auch, dass sie nicht wüssten, wie es für sie weitergehen solle.

Der Vorsteher schaute Ananda lange an, dann wandte er sich an Christian und zeigte sich an seinem Projekt sehr interessiert. Es wurde deutlich, dass er über ein großes Wissen verfügte. Dann saß er wieder lange da, fallweise mit geschlossenen Augen, ohne etwas zu sagen. Schließlich erhob er sich und sagte zu ihnen:

„Unser Bruder hat euch zu uns hergeschickt und unter seinen persönlichen Schutz gestellt. Es ist ein Prinzip und die heilige Pflicht unserer Bruderschaft, nicht nur Gastfreundschaft zu gewähren, sondern dem Hilflosen und Bedrängten sowie dem Fremdling auf der Flucht besondere Fürsorge angedeihen zu lassen. Ich habe in eure Herzen geschaut und keine dunklen Flecken darin gefunden. Daher werden wir euch ein bergendes Dach, eine erholsame Matte und einen nährenden, sättigenden Topf gewähren, unter der Bedingung, dass ihr euch an unsere Regeln haltet und euch in unsere Gemeinschaft einfügt sowie den euch übertragenen Aufgaben gebührend nachkommt." Und zu Ananda gewandt, fuhr er fort: „Es ist nicht üblich, dass sich Frauen im Kloster aufhalten, meine Schwester. Doch was ich angeboten habe, gilt uneingeschränkt auch für dich."

Einen Moment sahen Christian und Ananda einander an, und als beide das Zugeständnis im Blick des anderen wahrnahmen, sagte Ananda, wobei sie sich verbeugte: „Wir danken dir, ehrwürdiger Meister, ehrenwerter Herr, große Seele, für deine Freundschaft und Großherzigkeit, und wir werden sie dankbar annehmen. Gestatte aber, dass ich noch eine Bitte anfüge: Dürften wir, wenn die Zeit gekommen und reif dafür ist, mit der Unterstützung der Brüder rechnen, dieses Land zu verlassen und in die Heimat dieses Freundes", dabei zeigte sie auf Christian, „zurückzukehren?"

Der Klosterobere nickte nur zustimmend. Dann klatschte er in die Hände, und ein anderer Lama führte Ananda und Christian zu der für sie jeweils vorgesehenen Unterkunft.

Problemlos gewöhnten sie sich an das Leben im Bergkloster, an den Rhythmus und den Tagesablauf. So gut und weit sie dazu imstande waren und zugelassen wurden, nahmen sie an allen alltäglichen und ebenfalls an den besonderen Geschehnissen Anteil.

Allmählich gewannen sie das Zutrauen und auch das Vertrauen der Mönche, die ihnen anfänglich eher skeptisch gegenübergestanden sein mochten. Da Christian der Sprache des Landes nicht mächtig war, wurde er gebeten, in der Küche mitzuhelfen. Auf diese Art und Weise und mit Anandas Unterstützung sollte er sich möglichst rasch einen solchen Beherrschungsgrad der Landessprache aneignen, dass er sich wenigstens in den wichtigsten Bereichen halbwegs verständlich machen können sollte. Außerdem nahm er täglich am Unterricht für die Novizen teil, ebenso am körperlichen Ertüchtigungsprogramm und an den religiösen Zeremonien. Man hatte auch ihm den Kopf kahl geschoren, desgleichen Ananda, beide trugen Mönchsroben, und so unterschieden sie sich schon rein äußerlich kaum von den übrigen.

Als Frau war Ananda von einer Reihe von Aktivitäten ausgeschlossen, doch sie empfand das keinesfalls als diskriminierend, abwertend oder störend, sie war es ja aus ihrer Heimat gewohnt, dass Frauen ihren Platz in der Gesellschaft zuerst einmal zu akzeptieren hatten. Sie entwickelte ein reges Interesse für medizinische Fragestellungen und Belange und wurde alsbald zu einer gelehrigen Schülerin der Medizin-Lamas, der Ayurvedas. Sie studierte die jahrtausendealten Erkenntnisse über die Gesetze der Harmonie von Leib und Seele und vertiefte sich in die Lehren der alten Schriften.

Der oberste Lama besuchte sie ab und zu, oder sie wurden zu ihm gebeten, und es entstand eine respektvolle, aber beinahe freundschaftliche Beziehung zwischen ihnen. Manchmal sprachen sie auch über ihre Familien, und ab und zu unternahmen sie mit Begleitern aus dem Kloster Ausflüge, um das verschlossene Land in den hohen Bergen etwas kennenzulernen.

So verging die Zeit, und die Tage, Wochen, Monate und sogar Jahre zogen ins Land und flossen dahin. Längst hatten sie ihren festen Platz in der klösterlichen Gemeinschaft eingenommen, sie waren beliebt und geschätzt und wurden allseits geachtet. Ein paar Mal hatte der Große Lama Christian gefragt, ob er nicht wieder an seiner Erfindung arbeiten wolle, und ihm auch angeboten, ihm diesbezüglich jede Hilfe angedeihen zu lassen. Schließlich war er wie alle Großen Lamas Mitglied des Großen Rates am Königshof und somit nicht ohne Einfluss. Aber Christian hatte jedes Mal entschieden abgelehnt. Für ihn war dieser Abschnitt seines Lebens ein für allemal zu Ende, wenngleich seine Folgen und Auswirkungen noch immer seine momentane

Situation bestimmten. Ihn fesselten vielmehr die uralten Handschriften, die im Kloster und in seinen Bibliotheken seit erdenklichen Zeiten aufbewahrt wurden. Viele Stunden verbrachte er jeden Tag damit, sie zu studieren, und er wurde ein profunder Kenner dieser Schriften und Literatur.

~ 13 ~

Eines Tages kam ein Unterlama mit der Einladung des Großen Lamas, der sie zum Tee bat. Dies war an und für sich nichts Außergewöhnliches und in den vergangenen Monaten häufig erfolgt. Als sie nun bei ihm waren, eröffnete er ihnen, dass er dem Himmelssohn, dem Herrscher des Landes, schon des Öfteren von ihnen berichtet habe. Verwundert blickten sie ihn an.

„Aber davon hast du uns doch nie etwas gesagt, Großer Lama", sagte Christian nachdenklich.

„Unter Einsamen trägt die größte Last der Stärkere", erwiderte der Klostervorstand lächelnd, und fuhr dann fort:

„Ich glaube, die Zeit ist nun für euch gekommen, uns hier zu verlassen und wieder in eure Welt zurückzukehren. Es ist alles vorbestimmt. Niemand weiß, ob es ein Abschied für immer sein wird. Aber nun das Wichtigste: Unser Landesherr, der Himmelssohn, möchte euch kennenlernen, bevor ihr sein Land verlasst, und er hat euch in den königlichen Palast eingeladen. Ich werde euch daher morgen zur Zeit der aufsteigenden Sonne dorthin begleiten."

Er lächelte neuerlich, als er ihre Überraschung und Sprachlosigkeit wahrnahm. Dann fügte er noch hinzu: „Da wird euch auch gesagt werden, wie ihr zu den Euren zurückkommen könnt." Er erhob sich und wünschte ihnen einen geruhsamen Schlaf.

Christian und Ananda jedoch konnten in dieser Nacht verständlicherweise keine Ruhe finden. Sie lagen in ihren Zellen, und vieles ging ihnen durch den Kopf.

Am nächsten Tag, der die große Audienz bringen sollte, waren sie aufgeregt und zu nichts fähig. Man brachte ihnen ihre westlichen Kleidungsstücke, die sie mehrere Jahre nicht mehr getragen und längst schon vergessen hatten.

„Es ist besser, wenn ihr nach eurer Sitte und Gewohnheit gewandet zum Himmelssohn geht", erklärte der Mönch, der sie ihnen brachte. Endlich war es so weit. Novizen brachten Sänften, welche der Große Lama, Ananda und Christian bestiegen. Der Rest des Gefolges machte sich zu Fuß auf den Weg. In allen Dörfern, durch welche sie kamen, wartete man ihnen auf, und die Leute nützten die Gelegenheit und brachten ihre Anliegen, Sorgen und Probleme vor. Auch die Kranken kamen, oder die heilkundigen Lamas wurden in die Häuser gebeten, um den Kranken Genesung und Heilung zu bringen. Auf diese Weise waren sie mehrere Wochen unterwegs.

Endlich erblickten sie die Mauern und Türme der Hauptstadt. Eine Menschenmenge schloss sich ihnen lärmend an und zog mit ihnen bis vor die Tore des Palastes. Ehrerbietig ließen die Wachen sie ein und hielten die Händler und das Volk zurück. Der Palast war eine Festung. Man führte sie über endlose Gänge und durch zahllose Zimmer und Hallen. Geschäftige Bedienstete in fantasievollen und farbenprächtigen Gewändern aus Seide, Wolle und goldbesticktem Brokat eilten schier geräuschlos umher. Die Räume waren kostbar eingerichtet, und endlich standen sie in einem großen Saal, der mit hohen Fenstern, prächtigen Teppichen, wertvollen Vorhängen und anderen unschätzbaren Wertgegenständen ausgestattet war.

Christian pfiff leise durch die Zähne. „Toll, fantastisch", flüsterte er Ananda zu.

Diese nickte nur. Vor einem erhöhten goldenen Thron mussten sie Aufstellung nehmen. Stimmen wisperten. Dann wurde es plötzlich ganz still, und in diese gespenstische Stille hinein ertönte ein lauter Gong. Alle Anwesenden ließen sich auf die Knie nieder und berührten mit der Stirn den Boden.

„Erhebt euch, meine Freunde", ertönte da eine kraftvolle jugendliche Stimme, und als sie aufstanden, sahen sie zu ihrer Überraschung einen jungen Mann von gut dreißig Jahren mit sympathischem Gesicht und offenen Zügen auf dem Thronsessel sitzen.

„Der Sohn des Himmels", sagte der Große Lama und stellte Christian und Ananda vor. Der Regent erhob sich und reichte ihnen die Hand zum Gruß. Er trug weite Pluderhosen und ein dazu passendes Hemd aus Seide, um den Kopf hatte er einen Turban geschlungen. An seiner Hüfte hing ein edelsteinverzierter Krummdegen, die Finger waren mit mehreren Ringen geschmückt. Er ging ihnen in ein nebenan gelegenes Zimmer voraus, welches eine Art Salon darstellte.

Sie nahmen auf einem weichen Diwan Platz, während der Fürst und der Große Lama sich jeweils auf einem Sessel niederließen. Diener brachten Tee, Gebäck und Obst in gediegenen Karaffen und Schalen. Schweigend aßen und tranken sie. Dann zündete sich der Landesherr eine Zigarette an, und als er Christian und Ananda ebenfalls eine anbot, lehnten diese dankend ab mit dem Hinweis, dass sie nicht rauchten. Er lächelte, wandte sich an sie beide und meinte, dies wäre klug und gesünder.

Dann fuhr er fort: „Üblicherweise würden Sie in einem Gefängnis landen, wenn Sie illegal in mein Land kommen. Aber Sie haben ja gütige Fürsprecher und mächtige Helfer."

Er wandte sich dem Lama zu und verbeugte sich leicht. „Mein väterlicher Freund und Ratgeber hat mich über alles informiert, und es wird mir eine große Freude und Ehre sein, Ihnen behilflich zu sein." Er machte eine Handbewegung, und ein Diener trat zwischen den Vorhängen hervor und brachte auf einem silbernen Tablett zwei Pässe, die er kniend dem Fürsten übergab. Dieser nahm sie und überreichte sie Christian und Ananda.

„Die Passfotos müssen wir noch machen und Ihre Personalia eintragen lassen", bemerkte er wie nebenbei. „Hiermit habe ich Sie beide unter meinen persönlichen Schutz genommen. Sie brauchen mir nur zu sagen, wohin Sie ausfliegen möchten, dann werde ich alles Weitere und Nötige veranlassen. Bevor Sie abreisen, möchte ich Sie allerdings einladen, für ein paar Tage meine Gäste zu sein, wenn es mein väterlicher Freund und Ratgeber gestattet."

Und wieder deutete er zum Lama hinüber eine Verbeugung an. Dieser nickte lächelnd. Auf ein Zeichen des „Himmelsherr" genannten Fürsten hin erschienen zwei Lakaien und erhielten den Auftrag, die beiden Besucher in ihre Gemächer zu führen.

Ananda und Christian erhoben sich, verneigten sich dankend und zogen sich, den Dienern folgend, zurück.

Es folgten Tage wie im Märchen. Sie speisten gemeinsam mit dem Fürsten, der auch den Titel Großer Radscha trug, ritten mit ihm aus und unterhielten sich mit ihm über Land und Leute. So erfuhren sie, dass er in Oxford und Harvard studiert und nach dem Ableben seines Vaters vor ein paar Jahren die Regentschaft angetreten hatte. Aber trotz der prunkvollen Ausstattung des Palasts und der großzügigen Gastfreundschaft des Landesherrn war das Land arm und zudem von mächtigen Reichen umgeben. Der junge Herr suchte nach einem Weg, seinem Land und seinen Bewohnern den Fortschritt zu ermöglichen, ohne jedoch dabei die Traditionen und das Altbewährte aufzugeben. An der Schwelle zwischen Gestern und Morgen ging es ihm vor allem darum, das Heute optimal anzugehen und zu gestalten und die Weichen für eine gute Zukunft zu stellen. Wenn er in westlicher Kleidung auftrat, unterschied ihn nichts von anderen Männern seines Alters, in Landestracht wirkte er malerisch wie ein Märchenprinz.

Christian und Ananda hatten sich entschieden, in Christians Heimat zu reisen. Für Ananda war es vielleicht noch immer zu gefährlich, in ihre eigene Heimat zurückzukehren. Der Fürst regelte alles für sie, die Pässe, die erforderlichen Papiere, die Tickets.

Und dann kam die Stunde des Abschieds.

„Der Abschied schmerzt nicht, wenn sich die Seelen nahe bleiben. Dann können viele Länder zwischen uns liegen", sagte der Lama und berührte sie segnend.

Der Fürst hatte ihnen einen für die Heimreise ausreichend großen Geldbetrag überreicht und gemeint: „Wenn Ihnen Ihre Heimat zu eng wird, in meinem Land, welches über die noch größeren Berge verfügt als Ihre Heimat, Christian, wird immer Platz für Sie sein."

Dann wurden sie mit einer königlichen Limousine zum Flugplatz gebracht, und die Rückkehr aus dem Abenteuer zurück ins geordnete, bürgerliche Dasein, begann.

Anstandslos passierten sie alle Kontrollen. Christian sandte ein Telegramm an seine Familie ins Dorf in den Bergen und kündete seine und natürlich auch Anandas Ankunft an.

~ 14 ~

Mit dem Taxi fuhren sie vom Bahnhof in der Hauptstadt in Christians Heimatort. Viel hatte sich nicht geändert in all den Jahren der Abwesenheit. Neue Häuser waren gebaut worden, andere dafür verschwunden. Es war ihm, als ob er nie fort gewesen wäre.

Im Gegensatz dazu betrachtete Ananda alles mit einer gewissen Scheu und blickte beinahe ängstlich um sich, während sie sich an ihn klammerte. Er drückte sie an sich und sagte: „Du brauchst keine Angst zu haben, Ananda, ich bin ja bei dir." Das beruhigte sie ein bisschen und gab ihr Zuversicht.

Dann, endlich, standen sie vor Vater und Mutter sowie Oma Berger und Bruder Dietmar. Stumm umarmten sie sich. Mama Berger schien etwas abgehärmt, auch der Vater war älter geworden. Die vergangenen Jahre waren an allen nicht spurlos vorübergegangen. Sie hatten sich vieles zu erzählen. Ananda wurde ohne größere Umstände willkommen geheißen und in den Familienkreis aufgenommen.

Nach und nach sprach es sich auch im Dorf herum, dass Christian wieder da war. Aber die meisten Leute verhielten sich etwas zurückhaltend, reserviert und kühl. Keine Begrüßungsfeier, kein Empfang, keine Musikkapelle, keine Reden – einfach gar nichts. Beinahe so, als ob nichts gewesen wäre.

Dann war da auch noch dieses fremde Mädchen, das er mitgebracht hatte und welches nun bei ihnen wohnte. Als ob es im Dorf und im Land nicht genug hübsche junge Mädchen gegeben hätte! Der musste natürlich wieder einmal auffallen und ausscheren. Es wurde gemunkelt und getratscht, und eines Abends kam der Pfarrer und fragte

Christian, nach den Regeln welcher Religion sie ihr Leben ausrichteten, und ob Ananda getauft sei. Er empfahl ihm, die Beziehung zu Ananda vor Gott und der Welt zu klären, um den Dorffrieden nicht zu gefährden.

Noch nie war sich Christian dermaßen fremd vorgekommen wie in diesem Augenblick und an diesem Ort. Er fühlte sich hier plötzlich nicht mehr ganz wohl und daheim.

Es war eine unauffällige Feier, als er sich mit Ananda verlobte. Nur wenige Leute, ein paar Verwandte und Freunde der Familie, waren eingeladen.

Als der Herbst kam, zogen sie in die Landeshauptstadt, um an der dortigen Hochschule zu inskribieren. Für beide bestanden inzwischen keine Zweifel mehr darüber, was sie studieren wollten. Ananda belegte Medizin, Christian tat sich ein wenig schwerer, wählte schließlich ein Lehramtsstudium und Pädagogik und fand schließlich nach Abschluss des Studiums in einer Privatschule eine Beschäftigung als Lehrer. Ananda unterzog sich einer allgemeinmedizinischen und fachärztlichen Ausbildung und arbeitete anschließend in einem im Umkreis gelegenen Spital auf dem Land.

Doch ohne viel mit anderen darüber zu sprechen, waren beide weder ganz ausgefüllt noch vollkommen glücklich oder gar zufrieden mit ihrer Lage und mit ihrem Leben. Sie hatten andere Pläne, Ziele, Vorstellungen von ihrem Leben, die sie ab und zu miteinander besprachen. Immer wieder erinnerten sie sich an das kleine Land auf dem Dach der Welt und an die befriedigenden, ja, beglückenden Stunden und Jahre, die sie dort erleben durften. Die Einladung des Landesherrn klang immer noch in ihren Ohren: „Wenn Ihnen Ihre Heimat zu eng wird, in meinem Land, welches über die noch größeren Berge verfügt als Ihre Heimat, Christian, wird immer Platz für Sie sein."

Heimat. Der Sinn des Wortes beschäftigte Christian sehr. War das Heimat, da, wo er zwar geboren worden und aufgewachsen war, aber gleichzeitig auch da, wo er sich nicht mehr geborgen und kaum noch dazugehörig fühlte? Er wusste nicht mehr so recht, was Heimat ist. Er hatte Ananda die Schönheiten und Sehenswürdigkeiten seines Heimatlandes gezeigt, und es gefiel ihr, und sie war oft begeistert. Sie bemühte sich sehr, sich anzupassen und heimisch zu werden, jedoch es gelang ihr nicht so recht. Immer wieder hatten sie zahlreiche Ausflüge und Bergtouren unternommen, wie er ihr es seinerzeit versprochen und angekündigt hatte. Irgendetwas fehlte ihnen.

Ananda ihrerseits hatte sich bemüht, zu ihrer Familie Kontakt herzustellen. Sie hatte mehrere Briefe nach Hause geschrieben und sich auch an die Botschaft ihres Landes in der Hauptstadt gewandt. Doch erst nach mehr als einem Jahr hatte sie eine Antwort mit der Nachricht erhalten, dass von ihrer Familie niemand mehr am Leben war und Besitz sowie Vermögen vom Staat eingezogen worden waren. Diese Verbindung war somit für alle Zeiten abgeschnitten. Je isolierter sie sich fühlten, umso enger schlossen sie beide sich aneinander und fanden noch inniger zueinander.

Als Ananda eines Tages beinahe ein wenig eifersüchtig wurde, als Christian mit einigen Kolleginnen von der Schule beisammenstand und plauderte, als sie ihn abholte, gab er ihr folgende Gleichnisse zur Antwort: „Jemand, der eine wunderschöne Blume hat, schaut deshalb doch auch nicht keine andere mehr an, im Gegenteil, gerade dadurch wird ihm die Einzigartigkeit und Einmaligkeit seiner Blüte immer wieder voll bewusst. Oder ein Mann, der ein Auto besitzt und nun mit seinem Schlüssel versucht, ein anderes damit aufzusperren, vielleicht, weil er es verwechselt, wird schließlich doch nur die Tür seines Autos mit dem betreffenden Schlüssel öffnen können." Ananda verstand, was er ihr damit sagen wollte. Ihre Liebe wuchs und wurde noch stärker.

Die Jahreszeiten zogen über das Land und gaben der Landschaft das ihr jeweils eigentümliche Gepräge. „Es bleibt immer dasselbe Land und verändert sich dennoch andauernd", sinnierte Ananda. Beider Unruhe und eigenartige wie unbestimmte Unzufriedenheit nahm zu. Endlich, nach langem Überlegen, Ringen, Zögern und nach vielen Aussprachen setzte sich Christian an den Schreibtisch und schrieb einen Brief.

Es dauerte mehrere Wochen, bis die Antwort einlangte. Sie stürzten sich auf das Schreiben in dem auffälligen Kuvert mit der fremdländischen Briefmarke und dem Absender in Golddruck und fielen sich dann jubelnd in die Arme. Es gab keine Zweifel mehr. Da war nichts mehr, was sie noch aufhalten können würde. Sie wussten nun, was sie zu tun hatten, und sie machten sich daran, alle erforderlichen Vorbereitungen zu treffen.

~ 15 ~

Familie Berger zeigte sich überraschender Weise nicht sonderlich verwundert oder gar schockiert darüber, als Christian und Ananda den Eltern und dem Bruder eröffneten, in das kleine, verschlossene, geheimnisvolle, märchenhafte und freundliche Land mit den hohen Bergen zurückkehren zu wollen. „Irgendwie habe ich das schon seit Langem geahnt", schluchzte die Mutter verhalten und wischte sich mit ihrem Taschentuch über die Augen. Und der Vater sagte nur lakonisch: „Von einem bestimmten Zeitpunkt an muss jeder und jede selbst wissen, was er oder sie zu tun und zu lassen hat. Ihr beide seid einzig und allein für euch und euer Leben und für das, was ihr daraus macht, verantwortlich!"

Dann standen sie wieder einmal auf einem Flugplatz und bestiegen eine Maschine, die sie forttragen sollte, diesmal wohl endgültig. Nicht für immer, denn die Welt ist klein geworden in diesen Tagen, und die modernen Verkehrs- und Transportmittel machen es möglich, mehr oder weniger beinahe jederzeit an jeden beliebigen Ort zu gelangen. Keiner liegt außerhalb der Welt. Aber wie jede Pflanze einen Platz hat, an welchem sie besonders gut gedeiht, so gibt es auch für jeden Menschen einen Ort, an welchem er sich am vorteilhaftesten zu entfalten vermag, wo er sich am wohlsten fühlt. Es gehört zu den Lebensaufgaben eines jeden Menschen, und jeder ist dazu aufgerufen, diesen Platz zu finden. Für manche ist es der Ort, an welchem sie geboren sind, für andere liegt er ganz woanders.

Ananda und Christian wussten, wohin sie gehörten, wo für sie dieser Ort lag. Obwohl sie beide dort eigentlich Fremde waren, war für sie dennoch dieses kleine Gebirgsland mit seinen eigentümlichen Gebräuchen und Sitten, mit seinen ernsten und verschlossenen, aber dennoch herzlichen und herzensgütigen Menschen zur neuen und eigentlichen Heimat geworden.

Es gäbe über sie und von ihnen noch vieles zu erzählen, und vielleicht wird das in einem anderen Buch geschehen. Ananda ist eine erfahrene und tüchtige, beliebte und gute Ärztin geworden, und die Leute kommen von weit her, um sich von ihr behandeln zu lassen. Sie übt ihren Beruf uneigennützig aus und nicht unter dem Anspruch, auf diesem Wege möglichst schnell möglichst viel Geld zu verdienen. Freilich tat sie sich leicht, denn der Landesherr, der ihr und Christian freundschaftlich verbunden war und blieb, unterstützte sie nach Kräften. Für ihr Auskommen und für ihren Lebensunterhalt war gesorgt. Ihr war und ist es stets ein Anliegen und Bedürfnis, für die Notleidenden und Hilfsbedürftigen da zu sein und ihr ganzes Können und Wissen zu deren Wohlergehen einzusetzen. Sie kommt oft mit den Medizin-Lamas und Heilkundigen des Landes zusammen, und dann versuchen sie, wohl von unterschiedlichen Ansätzen aus, aber doch mit gemeinsamen Zielsetzungen, Wege zu finden, die Leiden und Schmerzen der Menschen, aber auch anderer Lebewesen, wirksam zu heilen.

Christian unterrichtet die studentische Jugend des Landes an der Landesuniversität und ist bestrebt, östliche und westliche Weisheitslehren und Erkenntnisse miteinander zu verbinden und entsprechende Berührungspunkte aufzuzeigen. Gern und oft treffen sie sich mit den Bekannten und Freunden aus dem Bergkloster, in welches sie der Einsiedler vom Berg einst geschickt hatte, und in dem sie Zuflucht gefunden hatten. Besonders innig ist jedoch die Freundschaft mit dem Großen Lama, der in der Zwischenzeit ein würdiger älterer Herr geworden ist.

Der Landesfürst, der von den Einheimischen Himmelssohn genannt wird, wurde ihr Freund und machte sie zu seinen Ratgebern. Oft sitzen sie beisammen und diskutieren die anstehenden Probleme. Und wenn sie nach Lösungen suchen, sind sie nicht von Machtbedürfnissen oder Selbstverwirklichungszwängen, Ruhmesgier oder Besitzstreben und Ehrsucht geleitet, sondern vom ehrlichen Bestreben, den Menschen dieses kargen Landes das Leben so lebenswert wie möglich zu machen. Denn wäre das der Grundsatz und die Leitlinie aller Führer und Mächtigen dieser Erde, es gäbe weniger Elend, Not, Krieg, Leid und Unrecht.

Diese Erde, dieses Land, dieses Weltall, dieser Kosmos, dieses Universum, diese Schöpfung wurde dem Menschengeschlecht zur Gestaltung übergeben und überlassen. So steht es auch in den heiligen Rollen dieses Landes auf dem Dach der Welt, wo glückliche Menschen leben. Und es liegt an den Menschen, was sie daraus machen – einen Garten oder eine Wüste.

„Ich werde alles daran setzen, was in meinen Kräften steht", sagte Christian zu Ananda, die ihm beipflichtete: „Damit die Wüste wieder blüht."

Sie schenkte ihm ein aufmunterndes Lächeln. Dann sagte sie überzeugt, ja, leidenschaftlich: „Gemeinsam können wir diese Welt lebenswerter gestalten. Mit deiner Erfindung wären unzweifelhaft einige der anstehenden aktuellen Energiefragen und damit verbundenen großen Umweltprobleme zu lösen gewesen. Sie hätte dazu beitragen können, die Entwicklung und Nutzung klimaneutraler Technologien zu beschleunigen, dem Klimawandel sowie der Verschmutzung von Luft, Wasser und Böden entgegenzuwirken und dadurch die drohende weitere Verkarstung ganzer Landstriche einzudämmen. Vor allem wird Süßwasser für Menschen und Tiere zum Trinken und zur Bewässerung der Vegetation benötigt. Wasser bedeutet Leben. Dieses ist in den Ozeanen unseres „blauen Planeten" reichhaltig vorhanden. Deine Erfindung würde zum Beispiel die erforderliche aufwändige und energieintensive Entsalzung des Meerwassers erleichtern, um damit die öden, unfruchtbaren und trockenen Gebiete der Erde zu bewässern und somit fruchtbar zu machen. Oder mit anderen Worten: Sie zum Blühen zu bringen." Versonnen fuhr sie fort: „Wir haben schon genug Zeit verloren. Du warst auf der richtigen Spur auf der Suche nach alternativen erneuerbaren Energieformen und Kraftstoffen für die Zukunft. Du darfst sie nicht aus den Augen verlieren. Es ist jetzt leider nicht dazu gekommen, diese Zielsetzungen zu verwirklichen. Aber wir werden nicht aufgeben und weitermachen, auch im übertragenen Sinn durch unsere Arbeit auf der geistigen Ebene, und so versuchen, die Voraussetzungen dafür zu schaffen." Sie wandte sich ihm zu.

Christian ergriff ihre Hand und zog Ananda an sich. „Ja!" flüsterte er. „Genauso werden wir es machen! Damit die Wüste wieder blüht!"

DER AUTOR

Hubert Brenn, Jahrgang 1947, lebt mit seiner Frau im Ötztal in Tirol. Sein publikatorisches Schaffen umfasst Erzählungen, Stücke und Gedichte sowohl in Standardsprache als auch im Dialekt sowie zahlreiche wissenschaftliche Fachartikel und Fachbücher. Er studierte u. a. Psychologie, Pädagogik und Philosophie, war Lehrer und wirkte langjährig als Professor für Humanwissenschaften in der Lehrer*innenbildung. Dank dieser Tätigkeiten sind ihm die besonderen Anliegen und Probleme von Heranwachsenden und jungen Erwachsenen vertraut, die er in seinen Texten gekonnt anspricht.

Zahlreiche Reisen rund um den Erdball führten ihn in viele Länder, sein Interesse gilt besonders dem friedlichen Zusammenleben der Menschen. Er ist heimatverbunden, gleichzeitig visionärer Beobachter des Weltgeschehens und ernst zu nehmender Warner. Seine Leistungen und Werke wurden mehrfach ausgezeichnet.

DER VERLAG

VINDOBONA
VERLAG SEIT 1946

ein Verlag mit Geschichte

Bereits seit 1946 steht der Vindobona Verlag im Dienst seiner Bücher und Autoren. Ursprünglich im Bereich periodisch erscheinender Journale tätig, präsentiert sich der Verlag heute als kompetenter Partner für Neuautoren am deutschen, österreichischen und schweizerischen Buchmarkt. Engagement, Verlässlichkeit und Sachverstand – das sind die Grundpfeiler, auf denen der Verlag seit jeher sicher steht.

Sie möchten mit Ihrem Werk das vielseitige Verlagsprogramm bereichern? Der Vindobona Verlag garantiert Ihnen eine professionelle Prüfung Ihres Manuskriptes durch das Lektorat sowie eine zeitnahe Rückmeldung.

Genauere Informationen zum Verlag
finden Sie im Internet unter:

www.vindobonaverlag.com